小学館文庫

山に抱かれた家

はらだみずき

小学館

山に抱《いだ》かれた家

1

お元気ですか？

こちらに来てから早いもので一週間が経《た》ちました。

僕は元気です。

使っているスマホが圏外なので手紙にしました。

正直なところ、なにから手をつければよいのか迷っています。表札を変え、簡単な郵便ポストを用意したあと、屋内の整理や掃除を進めながら、今はあるものをつくりはじめました。

ほかにやるべき作業があるのはわかっています。家だけでなく、畑のこともあるからね。でも、まずはこの家にひとつでも居心地のよい場所があればと思って。君のためにも。

つくっているのは、南向きの部屋からそのまま出られるウッドデッキ。土台にする基礎には、納屋に残されていた廃材を利用するつもりです。おしゃれな仕上がりは望めないけど、出来上がったら山を眺めながら一緒にコーヒーを飲めたら、そう思っています。

田舎といっても、ここは地元の人が認めるように山奥です。獣も出ればヘビもいます。家はまだ住める状態になく、裏山の木が倒れてくる危険性すらあります。「だいじょうぶ」と君は言ってくれたけれど、もう少し待ったほうがいいでしょう。頼まれている仕事もあることだし、施設に入ったとはいえ、おばあさんの介護の件もあるから、どうぞ無理しないでください。

カズさんによろしくお伝えください。

それでは、また。


早朝、野鳥のさえずりで目を覚ます。

スマホで確認すると午前四時過ぎ。

二度寝する。

五時過ぎに再び鳥に起こされた。

透きとおるような声でウグイスが鳴いている。自由を謳歌《おうか》するみたいに。

亡き父が遺《のこ》してくれた南房総の海が見える家でも、春の朝にウグイスの声を聞いた。でもこんなに大きな声ではなかった。というか、窓のすぐ向こうで鳴いている。

ほかの野鳥の声も喧《かまびす》しい。何種類もの鳥の声がこだましている。残念ながら、ウグイス以外、声の主を聞き分けられないが、まるで、この家が鳥たちに包囲されているみたいだ。

「ここは野鳥の楽園かよ」

つぶやいて、ごそごそと赤い寝袋から這《は》い出る。

カーテンをまだ付けていない窓から木漏れ日が差し、ライトグリーンに覆われたひとりぼっちの世界をゆらしている。夏の海岸に現れるかげろうのように。そこは八畳間に設営したテントのなかだ。

寝袋もテントも、大学時代、すぐにやめてしまった山岳系サークルで使っていたものだ。

捨てなくてよかった。

今になって思う。

緒方文哉《おがたふみや》は家のなかにテントを張って生活していた。

2

就職して間もなく、文哉は会社を辞めた。

いわゆるブラック企業だと感じたからだ。

その直後、南房総で田舎暮らしをしていた父、芳雄《よしお》が亡くなった。電話で連絡をくれたのは知らない男で、すぐに現地へ来るよう求められた。

――父が死んだ。

人生の一大事にちがいなかった。

それなのに実感がわかなかった。

――なんでこんなときに。

とさえ思った。

自分の都合しか考えられなかった。

今思えば、感覚が劣化していたのだ。

「死」というものと向き合ってこなかったせいかもしれない。

館山《たてやま》の病院の霊安室で対面した父は、まるで別人のような風貌をしていた。髭《ひげ》を生やし、髪が肩のあたりまでのびていた。髪の色は白髪交じりながら、色が抜けて茶髪に近かった。

それは、自分の知らない父だった。

遅れて現地に到着した姉の宏美《ひろみ》は、そんな芳雄の姿を「なんだかネアンデルタール人みたいで驚いた」と言った。姉もまた現実をうまく捉えきれていなかった。

父は、田舎でひとり寂しく孤独死した。

どこかでそう決めつけていた。

しかし、それは大きな誤解で、芳雄の一見奇妙な風貌は、若かりし頃そうであったように、サーファーにもどったから、だった。別荘管理という畑ちがいの仕事に自ら就き、地元の人に慕われながら、おそらく父なりに楽しく暮らしていたのだ。

父の葬儀を火葬だけですませた文哉と宏美は、遺産を早く分け合うために、丘の上に建つ海が見える家を早々に処分するつもりだった。会社を辞めた文哉は、早晩金に困るとわかっていた。宏美は結婚して雑貨屋を始めるらしく、お金を必要としていた。結局、男に騙《だま》され、別れたらしいが。

父、芳雄とは、文哉が高校生のときに衝突し、以後、疎遠な関係が続いていた。

――父のような人生は送りたくない。

そう思っていた。

サラリーマンである父の人生がどうしてもおもしろそうには思えなかったからだ。

遺品整理を進めながら生前の父の生き様を辿《たど》っていくうちに、文哉の気持ちに変化が芽生えた。父の死を報《しら》せてくれたぶっきらぼうな男、坂田和海《さかたかずみ》やその姪《めい》の凪子《なぎこ》、芳雄を知る地元の人、別荘を訪れる人たちと出会い、海が見える家で暮らしはじめた。

父の仕事を引き継いで収入を得ながら、海に潜って食材を得たり、元ビワ農家の偏屈で有名な幸吉《こうきち》から畑を借りて野菜をつくったりして、なんとか食っていくことができた。やがて自分なりに仕事を増やし、かたちだけは芳雄が目指していたのであろう法人化にまで漕《こ》ぎつけた。

東京で暮らしているときにはなかった、生きている、という実感を味わう瞬間が増えた。

しかし、房総半島を大型台風が襲い、暮らしは一変してしまった。

台風による被害の修復作業に追われる日々のなかで、文哉はある決断を下した。食っていくためにも、農業をあきらめたくない。幸吉と一緒に、ビワ山の再生を目指そう、と……。

ある朝、その報告に向かった文哉は、畑で倒れている幸吉を見つけた。恩人である幸吉の突然の死により、夢と希望を失ってしまった。

——これから、というときに。

内輪で営まれた幸吉の葬儀には呼ばれなかった。

幸吉から借り受けた、休耕地から再生した畑は使えなくなってしまった。

さらに世界的なコロナ禍が起き、先行きが不安となり、どうしていいかわからなくなった。

落ち込み、悩んだ文哉は、自分にとっての理想の場所を探しはじめた。

——自分の土地を持て。

それが幸吉の遺言でもあった。

ようやく探しあて、たどり着いたのは、南房総から遠く離れた群馬県南西部、長野県との県境にある山間《やまあい》の集落だった。

そこは、文哉にとって縁もゆかりもない土地だった──。

3

八畳間のテントから出た文哉はサンダルを履いた。

手に入れたばかりの山の中腹にある古民家は修繕中で、今は屋内に敷いたブルーシートの上を土足で移動している。

築五十年。仲介してくれた不動産会社の話では、人が住まなくなってから三年くらいという話だったが、おそらくその倍の年月は経過している。

空き家を手に入れ、実際に使い始めて気づいたのは、なにかは特定できていないが、この家には小動物が棲《す》み着いていたらしいことだ。台所にあった据え置き式のガステーブルが使えそうか持ち上げて調べたところ、裏側から枯れた葉や小枝がたくさん出てきて、ぎょっとした。

購入を決める前の内覧の際は、さすがに遠慮して確認しなかった神棚の扉のなかには、なにかしらの巣があった痕跡を見つけた。

——ネズミだろうか？

しかし鳥の巣のようでもあった。

屋根裏と床下はまだ調べておらず、気が重い。

文哉は、換気するために一番近くの窓を開けた。

野鳥の鳴き声がひときわ大きくなり、家に迫る藪《やぶ》のなかでなにかが羽ばたく音がした。どうやら驚かせてしまったらしい。

——おや？

手の届く場所に、一メートルほどの奇妙な棒が立っている。

いや、棒ではなく、枝葉を落とした低木らしい。その証拠に幹に棘《とげ》がたくさんついている。

——なんだ、これ？

先端には、親指ほどの赤みを帯びた緑のつぼみのようなものが膨らんでいる。

もしかしてこれって……。

ネットで調べようかと思ったが、スマホが圏外だ。文明の利器といえど、ここでは役に立たない。

と、そのとき、ガラガラと音を立て、玄関の引き戸が開いた。

「え？」

思わず声を上げた。

この家は、下に通る二車線道路から約百五十メートル、軽トラック一台が通れる道の先のどんづまりにある。途中に家はなく、道は舗装が途絶え、土がむき出しになり草が生えている。ここで一週間を過ごしたが、区長が一度訪ねてきただけだった。

そもそもこの辺りには数えるほどしか家がない。ただひとりの知人、近隣の地区に住む市蔵《いちぞう》すら姿を見せていない。

「おはよう」

土間に立っていたのは、手ぬぐいを頭に巻いた腰の曲がったおばあさん。右手には草刈り鎌を握り、左手は背中にまわしている。

「イトさん！」

文哉はあわてて頭を下げた。「おはようございます」

おばあさんは、近くに住んでいる住井《すみい》イトだった。近くといっても、この家から道路と川を挟んで、二百メートルほどの距離がある。

「おめえさん、いつからここにおる？」

唐突にイトは尋ねた。

文哉の声が小さすぎたのかもしれない。

「少し前です」

「――なにぃ？」

「一週間前です」

声の音量を上げる。

「そうかい、ほんとに来たんだなあ」

しわに隠れた小さな目でイトが見上げた。

「ええ、来ました」

「ありゃあ、なにをこさえてんだい？」

イトは外へ出て、南向きの部屋の前を鎌で差した。

文哉が土間に降りて続くと、均《なら》した地面の上、ブロックに据えた基礎の廃材にイトが視線を投げていた。

「ここに、ウッドデッキをつくろうと思って」

「ん、なんだいそりゃ？　日本語で言いな」

「ええと、つまり、縁側みたいなもんです」

「ほー、そいつはいいな。この家はぶっ壊さねえで使うつもりかい？」

「そうですね。なんとか」

「ここに住まう気かい？」

イトの右手の草刈り鎌がキラリと光った。

「ええ、まあ」

曖昧な相づちを打ったあと、文哉は言葉を継いだ。「じつは南房総に、父が遺した家があるんです」

「遺したってことは、亡くなったんかい？」

「はい、四年ほど前に」

「お母さんやきょうだいは？」

「小さい頃に両親は離婚して、自分と姉は父に育てられました」

「そいつは、お父さんはてえへんだったなあ」

「だと思います」

文哉は小さくうなずいた。

「あんた、こっちに身寄りはねえんだろ？」

「はい」

「そういやあ、市蔵さんとはどういう関係なんだい？」

「一昨年《おととし》亡くなった、自分が南房総で世話になった方の友人です」

「ふうん」

イトはなにか言いたげだったが、話をもどした。

「じゃあ、お父さんが遺したっていう家はどうするん？」

「まだ考え中なんですが……」

「こっちは別荘みたいなもんか？　いいご身分だ」

イトの口元がゆるむ。「まあ、別荘には見えんがな」

移住するか決めかねていた文哉は、「ゆくゆくは、こっちで暮らしたいと思っています」と答えた。

「ひとりでかい？」

「──とりあえずは」

躊躇《ちゆうちよ》してからうなずいた。

「ふーん、そうなん」

イトは低く鼻を鳴らした。

「おらもひとりさ。子供らは家を出て、夫はもう何年も前に亡くした」

「そうでしたか」

「こっちに住む気なら、村のもんに挨拶せんとな」

「すいません。挨拶が遅れまして」

文哉はもう一度頭を下げた。

「いやあ、おらのことはいい。おめえさんが来るかもしれねえって話は前に聞いた。ただ、この家に人が出入りしているのは、村のもんならわかる。めんどくさいのもなかにはおるから、最初に挨拶だけしとけ」

「そうですね」

「この上閑沢《かみかんざわ》の篠原《しのはら》地区はよ、空き家が増えて、今は人が住んでる家は六軒きりさ。家の主はみんな年寄りで七十超してる。八十を超えてるもんもおる。あんたみたいな若《わ》え衆《け》はおらん。息子や娘にしても四十は過ぎとるだろ」

「そうなんですね」

まさにここは限界集落なのだ。現実を思い知りながら、文哉はうなずいた。

「区長のノブさんには会ったんだよな？」

「ええ、先日。この家がだれのものになったのか回覧板で報せるから、自己紹介文を書いてほしいと言われました」

「そうかい」

「それとも一軒一軒、挨拶にまわったほうがいいですかね？」

「そりゃあ、あんたが決めることだいね」

「どうしようかな……」

文哉は首をひねった。

どこで暮らそうと、最初が肝心であることは承知していた。とはいえ、隣に家が建っているわけではない。正式に住民票を移す引っ越しではなく、二拠点生活という選択肢もある。どちらの家を生活の拠点とするのか、まだ迷いがあった。

そんな文哉の態度を見透かすようにイトが告げた。

「ここいらではよ、なんでも自分で決めなきゃなんねえぞ。いいもんはいい、いやなもんはいやだと、はっきり言わねばならん。それができねえもんは苦労すっからな」

遠慮のないイトの言葉は、文哉の胸にがつんと響いた。

むしろ都会では、曖昧な態度をとるのが美徳とされる場合が少なくない。ここではそうはいかない。手厳しくもあったが、はっきり言ってもらえたことが、むしろうれしかった。

「朝から邪魔したね。こいつは、おらの畑でつくったもんだから、食っとくれ」

イトは背中にまわしていた手にぶら提げたレジ袋を差し出した。

「これは？」

「ワラビさ、食えんだろ？」

「これって、採ってきたんですか？」

「おう、山にも生えてっけどな。おらが畑で増やしたもんさ。熊はおっかねえし」

「てことは、出荷されてるんですか？」

「そんなにつくっちゃいねえ。アクは抜いてあっから、うどんに入れたり、味噌汁《みそしる》のタネにすりゃあいい」

「ありがとうございます」

山里ならではのお裾分けに文哉は頭を下げた。

「なあに、ちいとだよ」

イトは背中を向け、黒の長靴で歩き出した。

「あのー、すいません」

「ん？」

「ちょっと見てほしいものがあるんですけど」

文哉は家の東側にまわった。

「それにしても、ひでえ藪だな」

イトがぶつぶつ言いながら、以前は洗濯機を置いていたのであろう、屋根のある水場の下を通ってついてくる。

途切れずに野鳥のさえずりが聞こえている。

文哉はさっきまで寝ていた部屋の窓の近くで立ち止まった。

「これって、なんですか？」

地面から一メートルほど突き出た、直径二センチほどの棘だらけの棒のような植物を指さした。

「ん？」

「今朝、気づいたんです」

「こいつは、タラッペさ」

「タラッペって、もしかしてタラノキですか？　ってことは、じゃあこれって？」

文哉は先端の赤みを帯びた緑のつぼみのような膨らみを指さした。

「タラの芽だいね」

至って冷めた口調でイトは答えた。

「これが、あの山菜の王様とも呼ばれる」

文哉はまじまじと見つめた。

「王様か女王様か知らねえが、初めて見たんか？」

「スーパーで見たことしかありません」

「あんなもん、ニセモンさ」

イトがしかめっ面の前で手を振る。

「え？」

「おらもこないだ隣町の産直市場で見かけた」

「隣町って？」

「かるいさわの」

イトは「沢」を濁らせずに発音した。

「軽井沢《かるいざわ》に行ってきたんですか？」

「ああ、滅多に行かんがな。あそこはよ、人を見に行くとこだかんな」

イトは「へっ」と笑った。

「――なるほど」

文哉も口元をゆるめた。

「五本のタラの芽がパックに並んで五百円した」

「買ったんですか？」

「買うもんか。きれいにそろったタラの芽なんて、ホンモンじゃねえ」

「というのは？」

「タラッペを芽の出る節で短く切って穂木みたくしてよ、水に浸《つ》けて芽出しさせたもんさ。ホンモンとは香りも味もちがわぁ。その証拠に、かたちも大きさもみんなそろってんのさ。その芽がひとつ百円ってのは高《たけ》えだろ」

――なるほど、水耕栽培で培養したものなのか。

文哉はうなずいた。

春になるとスーパーで見かけ、ありがたがって買う人もいるだろう。もちろん、それはそれで本人の選択であり、今の世の中ではあたりまえとされている範疇《はんちゅう》だとも言えそうだ。イトにしたって、ワラビを畑に植えている。

「じゃあこれこそ、ほんもののタラの芽ですね?」

文哉はうれしくなって口に出した。

なにしろ自分の家の庭の、それも窓から手をのばせば届くところに、ほんもののタラの芽、山菜の王様が、今まさに出現しようとしているのだ。

「そうさ。けど、ちいとばかし早《はえ》えな。もう少し開いたら、天ぷらで食うといいさ」

イトは辺りに目を配ってから、「ほれ」と指さした。

「え?」

「ここにもあらぁ。タラッペはな、根っこでつながって増えるんさ。庭に植えるとやたら出てくるんで、厄介もの扱いするもんもおる」

「いやいや、おれの場合それはないです」

「それくらい強いんさ。だから滋養がある。それにな、芽が開いてからもよ、若いうちは食えっからな。ちょいとつまんで味噌汁のタネにするがいい」

「そうか、少しくらい開いてしまったって食べられるわけですね」

芽に鼻孔を寄せると、独特の山菜の香りがした。

「あたりめえさ。スーパーで売ってるもんしか知らんやつは、そこがわかってねえ。ホンモンの山菜ってのはよ、金じゃ買えねえもんさ」

イトは自分の家がある東のほうに目をやったが、篠竹《しのだけ》が高く生い茂っていて、あきらめたようだ。この家や畑からは下の道路はもちろん、集落の家は一軒も見えない。

「このタラッペ、作太郎《さくたろう》さんが山から採ってきて植えたんじゃねえか」

何気ない感じでイトが漏らした。

「――作太郎さんって？」

尋ねたが、イトは聞こえなかったのか答えなかった。

作太郎というのは、文哉がここへ来て初めて聞く名前だった。もしかして、以前この家に住んでいた人物だろうか？

「それはそうと、この家は電気や水は使えるんかい？」

イトは話題を変えた。

「電気は使えます。とりあえず水も出ました」

「ガスは？」

「ガスはまだ頼んでません」

「ここいらはプロパンガスだかんな。なんだったら、おらん家と同じガス屋に頼むといい」

「どうしようかと思って」

「ん？　どうするもこうするもガスがなけりゃあ、煮炊きもできねえし、風呂にだって浸かれねえだろ。それともノブさんとこみてえに、全部電気でする気か？」

イトは早口で言いながら、玄関のほうへ向かった。

「オール電化は考えてないです。まあ、プロパンガスが無難でしょうね。ただ、そのまま風呂が使えるのかどうか、まだよくわからなくて」

「だったら、業者に頼んで直すしかねえな」

文哉は答えず、玄関の前まで来て口を開いた。

「薪《まき》が使えないですかね？」

「ん？　薪？」

「ええ、燃料に薪が使えないかと思って」

「煮炊きを薪でするんか？」

「できれば、風呂も」

文哉の言葉に、イトが笑い出した。

「今の時代に、そんなことしてるもんは、このあたりでもだれもおらんさ」

イトの顔には、「おかしなやつだ」と書いてあった。

「市蔵さんが薪ストーブを使ってましたよ」

「へっ」とイトは鼻で笑った。

「でも、昔は薪で風呂を沸かしてたわけですよね？」

「そりゃあ、大昔はな」

「どうでした？」

「どうもこうもねえさ。そんな昔に、だれももどりたかねえ」

イトは断言し、しわくちゃな口をとがらせた。

どうやら怒らせてしまったようだ。

たしかに、文哉の言っていることは現実離れしていた。イトからすれば、いわば街のほうから来た、なにもわかっていない若造の戯言《たわごと》に過ぎないだろう。

しかし、「大昔」とイトは言うけれど、たかだか数十年前の話でもあるはずだ。

ただ、文哉は反省した。

気安くいろいろと話してしまったが、なんでも口にすればいいというわけではない。

ここは田舎であり、自分にとって未知の山里なのだ。

「あんた、変わりもんだな」

イトは文哉の顔をうかがった。

「ええ、まあ」

文哉は笑顔で応えた。

実際、変わり者でなければ、縁もゆかりもないこんな山奥の空き家を買ったりはしないだろう。

それに変わり者と言われるのは、嫌ではなかった。

むしろ、うれしくさえあった。

「──じゃあ、がんばりな」

イトの声色は穏やかさをとりもどしていた。

「ワラビ、ありがとうございました」

文哉はあらためて礼を言い、歩き出したイトを見つめた。

曲がった小さな背中は、文哉が手に入れたこの家をまっさきに訪れてくれた人の背中だった。老いてはいるが、この地でこれまで暮らしてきた人間の、逞《たくま》しさを感じさせる後ろ姿でもあった。

「──ああ、それからな」

イトが不意に立ち止まり、振り返った。

「はい、なにか？」

「余計なことかもしれんが、市蔵さんのことはあまりしゃべらんほうがいいかもしれん」

「え？　どうしてですか？」

「あん男の家は、昔こっちにあったんさ。でも今は隣の地区に住んどる。こっちとは付き合いがねえ」

「そうなんですか」

文哉は戸惑った。「どうしてですか？」

「ん？」

イトは小さくため息をついた。

「――しかたねえのさ」

ぽつりと言うと背中を向けた。

4

空き家を手に入れるにあたっては、南房総から何度か足を運んだ。

きっかけは、去年の秋、空き家から二キロほど離れた場所に暮らす、今は亡き幸吉の友人、老猟師の狩野《かのう》市蔵を訪ねたことだった。

七十の齢《よわい》を過ぎた市蔵とは、幸吉のビワ山のなかで偶然出会った。イノシシによる被害について幸吉から相談を受けた市蔵が、はるばる群馬から訪れていたのだ。熟練した市蔵の罠《わな》猟の手腕に触れ、文哉は尊敬の念を抱いた。

幸吉の死後、希望を失った文哉は心の整理がつかず、悩んだ末に旅に出た。とりあえず軽トラックで目指したのは、市蔵から届いた暑中見舞い状にあった住所。晩秋の道ゆきは文哉にとって、鎮魂の旅でもあった。

市蔵の家で有意義な一週間を過ごした直後、軽トラックを運転中の文哉は、道端の藪が揺れているのに気づいた。熊かと思ったら、腰の曲がったおばあさんが草刈り鎌を手に出てきた。おばあさんは柿の木に高枝切りバサミを引っかけてしまったらしく困っていた。

――その人物こそが、イトだった。

文哉は曲がった小さな背中に続き、道路から藪に分け入り、斜面を登った。しわだらけの指が差す先に見えた柿の枝に、熟れた実と一緒に高枝切りバサミがたしかにぶら下がっていた。

前を歩いていたイトを追い越した文哉が、無事に高枝切りバサミを回収してもどろうとしたとき、さらにその先の山の中腹に、青い屋根が見えた。

聞けば、空き家だという。

山に呑《の》みこまれかけた廃屋に近い印象があった。

そのときは、こんなところにも人が住んでいたのか、と感心したに過ぎなかった。

別れ際にイトに、この土地の住み心地を尋ねた。

するとイトは、文哉の目を見て、はっきりと言い切ったのだ。

「そりゃあ、ええとこさ。ええに決まっとる」

文哉はハッとさせられた。

自分が暮らしている土地を、こんなにもあからさまに誉《ほ》められる住人に初めて会った。この土地に対する愛情をひしひしと感じたのだ。

日に焼けたイトの顔は染みとしわだらけだったけれど、飾り気のないその笑顔は少女のように無垢《むく》であり、嘘《うそ》がない気がした。

5

二度目に訪れた際は、先日、手紙を出した坂田凪子が一緒だった。

南房総の父が遺してくれた海が見える家の近くの、まさに海っぷちの家で暮らす凪子は、文哉が今は兄のように慕っている和海の姉の娘、つまり姪っ子だ。凪子の母は、文哉の父・芳雄の若かりし頃の恋人だった。

凪子については、文哉が南房総で暮らしはじめた頃から見知ってはいたが、幼い頃に海で母を亡くし、それ以来引きこもりがちだったこともあり、最初はなかなかコミュニケーションがとれなかった。

凪子は波打ち際に運ばれた漂流物を拾ってきては、流木の置物や、貝殻やシーグラスのアクセサリーに生まれ変わらせた。

叔父の和海に言わせれば、そんな「わけのわからないもの」を、芳雄がおもしろがって地元の土産物店や道の駅に置かせてもらったらしい。売れるわけがないと和海は内心バカにしていたが、意外にもそこそこ売れ、材料となる流木などを芳雄が海岸に拾いに出かけていたそうだ。

文哉は別荘の管理業務を父から引き継いだように、流木集めもまた父に倣って続けた。文哉の学生時代の知人の助けもあり、凪子の作品はやがて東京の雑貨店にも並ぶようになった。

今やクラフト作家となった凪子と文哉がごく親しい間柄になったのは、半年ほど前のことだ。一緒に南房総の山へ入った際、海っぷちの家に祖母と二人で住んでいた凪子は、海が見えないところへ行きたいと、文哉に吐露した。眼前の海で母を亡くしたせいかもしれない。その願い、あるいは夢は、畑を手に入れて暮らしたいという、文哉の想《おも》いと重なった。

凪子との新たなつきあいが始まってから、文哉は自分が旅した土地をインターネットであらためて検索してみた。すると、帰り道の途中、山の中腹で見かけた、青い屋根の空き家の情報にたどり着いた。自治体が主体となって運営している「空き家バンク」の登録物件として売りに出されていたのだ。

今思えば、偶然が重なり、なにかに導かれたような気がする。

文哉がその物件に注目したのは、なにより農地付きだったからだ。

野菜づくりの師匠であった幸吉が亡くなったあと、文哉は南房総で手に入る畑を探したが思うようにはいかなかった。文哉には農家とのツテはなく、今思えばやり方は場当たり的で稚拙だった。

農地を借りるのではなく取得しようと考えたのは、幸吉の遺言の影響が大きかったけれど、苦労して休耕地から畑にもどした土地を返す破目になった苦い経験も少なからず関係していた。

農地を取得するには、いくつもの要件がある。

取得する農地すべてを耕作して有効活用すること。

農業経営に必要な農作業に常時従事（原則年間百五十日以上）すること。

周辺の農地利用に支障を及ぼさないこと。

取得する農地の総面積が都府県では50 a《アール》以上であること（北海道の場合は2 ha《ヘクタール》以上）。

文哉にとっては、最後の要件、総面積が50 a以上であることが、とてつもなく高いハードルに思えた。

50 aといえば、古くから使われている尺貫法では五反《たん》。約一千五百坪、約五千㎡の広さに相当する。宅地なら五十坪あれば立派な家が建つだろう。つまりは、およそ三十軒分の家が建つ土地と同じ広さの農地を取得しなければならないわけだ。農地は宅地などに比べてかなり安く売買される。とはいえ、その莫大《ばくだい》な広さの農地を、文哉が取得するのは不可能に感じられた。そもそも農家でない人間が農地を手に入れることは極めて困難なのだ。

6

文哉が偶然目にした、青い屋根の家の写真が掲載された空き家バンクの物件概要にはこう記されていた。

土地面積「三百九十八坪」
地目「宅地　畑」
建物の構造「木造瓦《かわら》葺《ぶき》平屋建」
建築「昭和四十七年新築」
設備「水道・公営　排水・汲取《くみと》り　電気・東京電力　ガス・プロパン」
間取り「4K」
価格「二百三十万円」

「――マジか？」

文哉は思わずつぶやいた。

この広さの土地、畑付きでこの値段なら、なんとか自分にも手が届きそうだ。

ただし、補修の要否には「必要」とある。

最後に、「就農者向け」「農地法三条許可が必要」とあった。

まずは畑の広さと、「農地法三条許可が必要」という文言について、空き家物件を仲介している高崎《たかさき》の不動産会社にメールで問い合わせてみた。50ａ以上でなくても、本当に農地を取得できるのか、という点も併せて。

返信では、畑の広さは二百九十八坪、約一反。空き家には畑が付いているため、購入に際しては農地法の手続きが必要となり、手続きのサポートをするとあった。費用は六万円ほどとのこと。

また、50ａに満たない農地の取得については、空き家物件に対する農業委員会が認めた特例措置であるという説明があった。つまり、農地法の制限の五分の一の広さで取得が可能らしい。

今や地方で増え続ける空き家や休耕地については社会問題とさえなっている。その対策としての例外なのだろう。

納得した文哉は、またとないチャンスに思えてきた。

気になったのは、やはり畑のことだ。

初めて青い屋根の家を見たとき、落ち葉を踏みしめ斜面を登り、畑のような場所を通った。篠竹の藪にかなり覆われていたが、七歩くらいの間隔で果樹らしき木が生えていた。樹種はわからなかった。剪定《せんてい》されていないため、枝が暴れ、あるいは折れていた。かなりの老木のようでもあった。

その様子は、今思えば、幸吉が一度はあきらめたビワ山の有り様に似ていた。

最初に彼の地《か》を訪れ、山へ入った際、この辺りは梨原《なしばら》だったらしい、と市蔵は口にしていた。

──あの老木は梨なのだろうか。

梨について調べたところ、北海道から九州まで広範囲で栽培されている。

気持ち的には、幸吉とやるつもりだったビワであってほしかった。でもビワは常緑であり、あの木はすでに落葉していた。

もっとも、長年放置されていたのであれば、どんな果樹であろうと実が生《な》る保証などない。伐採して植え替えるとなれば、かなりの手間と労力、さらに金がかかるだろう。

群馬県の農産物について調べてみると、全国生産第一位には、「こんにゃくいも」

が挙がっていた。そして、全国二位にランクインしている果実を見たとき、思わず「これだ！」と声に出していた。

畑について不動産会社に問い合わせてみようかと思ったが、自分の目で確かめてみたくなった。

農業をやるのであれば、その土地の環境、とくに栽培品種に影響する気候が重要になってくる。父が家を遺した南房総は恵まれた温暖な気候で暮らしやすかった。だが、群馬県南西部ともなれば、どうなのだろう？

文哉は寒さが大の苦手である。

空き家バンクを運営している市のサイトによれば、平均気温は13・9度。17・1度の南房総市と比べるとやはり低いものの、「年間を通じて温暖な気候」と記されていた。冬場の降雪量は意外にも少なく、降ったとしても年に数回、数センチ程度とある。しかも隣が避暑地で有名な軽井沢町であり、夏の暑さはそれほどでもない、という記述もあった。

だとすれば、かなりの穴場といえそうだ。

軽井沢は日本有数の別荘地であり、当然地価が高い。隣接する御代田町《みよたまち》も今やかなりの人気らしい。

軽井沢町の年間平均気温は9度前後。夏は涼しいが、冬は零下10度近くになる日もあり、厳しい寒さが続く。そのため年間を通して住む場所とは捉えていない別荘族も少なくない。そんな彼らの家は、あくまで夏に過ごすためのサマーハウスとしての構造で建てられている。

文哉は調べながら、ぶるっと身震いした。

隣接した地域なのに、なぜあの青い屋根の空き家がある土地は、こんなに気候がちがうのだろうか。

――そりゃあ、ええとこさ。ええに決まっとる。

イトの笑顔が浮かんだ。

文哉はグーグルマップを開いたあと、「そうか」とつぶやき、山登りによく使われる国土地理院地図をノートパソコンで開いた。

長野県の東端、群馬県南西部に接する軽井沢町は、浅間山《あさまやま》（標高二五六八メートル）の南東斜面に広がる、標高約九百から千メートルの高原の町だ。言ってみれば、山の上にあるようなものなのだ。

それに比べて、青い屋根の空き家のある地点の標高は、およそ三百メートルしかない。家の裏山でさえ、せいぜい四百メートル。千葉県で標高が最も高い、といっても都道府県の最高峰のなかでは最も低い、愛宕山《あたごやま》と同じくらいの高さだ。

軽井沢との気温の差は、つまりは標高の差による影響だろう。

農業にとっても、寒さが苦手な文哉にとっても、わるくない環境と言えそうだ。気候が厳しければ、栽培できる農産物は限られてくる。もしくは、寒さ対策用の農業資材や施設などが必要になる。

その後、空き家との接道、トイレ、風呂、下水道、浄化槽の有無、生活排水の下水処理方法などについて不動産会社にメールで問い合わせた。

トイレは簡易水洗であり、汲み取り式。つまりは、水を流せるとはいえ、ぼっとん便所だ。でもそれは、見た目と臭いさえ許容すればいいことだ。

公共下水道が整備されていない地域では、水洗トイレであれば浄化槽が必要になる。その場合は、バキュームカーで汲み取りに来てもらう必要はないが、工事費はもちろん、清掃や検査費、ブロアの電気代などの維持費がかかる。一般家庭で年間およそ六万円、故障すればもちろん修理費がかかる。

風呂はプロパンガス仕様。寒冷地ではパワーのある石油給湯器の場合があるらしいが、自分で石油の補給をする手間がかかる。電気給湯器の場合、IHクッキングヒーターを使うオール電化が前提になるだろう。しかし、台風で被災した際、すべてを電気で賄うことのリスクを痛感させられた。もっとも、あの古民家がオール電化とも思えず、プロパンガス仕様は予想していた。

気になっていた接道については、途中から未舗装道路になるが市道だとのこと。メールには、「再建築可能です。狭いですが5ナンバーの車ならなんとか通れると思います」とあった。

接道が狭いながらも市道であることは安心だ。私道であれば固定資産税がかかるし、管理も当然自分でやらなければならない。

生活排水が浸透式という点は、幸吉の農家と同じだ。この点はかなりマイナスだが、下水道の普及率が未《いま》だ発展途上国並みの地方も多いこの国では、山の中腹にあることからしかたないように思えた。問題はどのような浸透式なのか、という点だ。浸透枡《ます》がきちんと設置されていてほしかった。

7

年が明けてからも青い屋根の家のことが気がかりだった。

最寄りの駅までは車で約十五分。スーパーやホームセンターなどのある界隈《かいわい》までもやはり車で約十五分。歩いて行ける距離にバス停がある。近くにある小学校はすでに廃校になっている。それほど遠くない位置に温泉が数か所あることもわかった。

――わるくない。

と思いつつ、文哉は慎重になっていた。

なぜなら、一反の畑付きの一軒家が二百三十万円というのは安すぎる気がしたからだ。宅地だけでも百坪もある。

なにか裏がある、と考えるのがふつうだろう。

なにかしらの欠陥がある物件、いわゆるワケあり物件かもしれない。補修の要否には「必要」とあるように、建物にかなり問題があることは明らかで、そのまま住める状態にないのだろう。だとすれば、土地代だけという話になる。ただ、家を解体するには費用がかかる。

不安が頭をよぎるものの、偶然見つけた青い屋根の家は、資料の上ながら、文哉の希望する条件や趣向の多くと合致していた。

まず、木造の平屋であること。自分の手で修繕するなら一階建ての家が断然いい。海が見える家でじゅうぶんに思い知った。台風で被災した際、何軒もの屋根にブルーシートを掛けたが、二階建てになるとやはり大ごとになる。屋根から転落して不幸にも大けがを負った高齢者もいた。ペンキの塗り替えにしてもそうだ。

山や渓流に近いこと。自給自足的に生活するには、畑だけでなく、山の恵み、川の恵みに期待したい。

電気、ガス、水が使えること。もちろん、これらのライフラインに頼らずに暮らすことができれば素晴らしいとも思う。その分のお金で別なことができるのだから。

近くに建物がなく、家が道のどんづまりにあること。都会の喧騒《けんそう》のなかで生きるより、静かな場所が文哉には合っている気がした。だれに気兼ねなく焚《た》き火や薪ストーブが使えそうだ。

そしてなにより、約一反の畑付きであること。しかも畑は家との地続きにある点も大きい。

物件が近くならば、すぐにでも見に行っただろう。

しかし現地までは片道約三百キロもある。

毎日のように空き家バンクのサイトを訪れ、売れていないことを確認しつつ日々を送っていたが、思いが膨れ上がり、とにかく一度自分の目で確かめてみたくなった。様子をうかがいがてら、試しにメールで不動産会社に値引きができないか問い合わせたところ、なかなか返事がなかった。

心証をわるくしたのかと不安になり、今度は電話をかけてみた。するとすでに何人かが物件を見に訪れた、というではないか！

文哉はその電話で内覧日を決めさせてもらった。

8

二月下旬、ふたりで一緒に群馬へ向かったのは、話を聞いた凪子が興味を持ち、「私も行く」と言い出したからだ。

青い屋根の家については、前々から文哉が凪子に熱く語ってもいた。

文哉が自分の意思で家を買おうとするのは、もちろん初めてのことだ。というか、自分の家なんて一生手に入らないとあきらめていた。

それが父の死によって海が見える家を相続し、思いがけず現実となった。姉の宏美からは、相続した家について、自分にもまだ権利があると今更になって言われてもいるが、すでに名義は文哉のものになっている。

家は一生に一度の大きな買物、なんて言い方をする。マイホームを持つのが夢、という時代もあったらしい。高額なためローンを組むのがあたりまえとされる。だが、文哉が検討している空き家は、そこまで大げさな値段ではない。大衆車の新車一台の購入価格並みなのだ。しかも畑付きで。

――車の値段で家が買える。

そのことがなにを意味するのか。

実際に暮らしてみなければわからない。

和海からは、「それにしてもずいぶん遠くだな」と言われた。

南房総ではない地を選んだ理由のひとつに、自分は父の選んだ土地ではなく、自分で選んだ土地で暮らしたい、という思いがあった。

さらに背中を押してくれたのが、市蔵の口にした言葉。当地を訪れた際、文哉が暮らしている土地について言われた。「あそこはそれほど田舎ではない」と。なるほど比べてみれば、たしかにそういう気がした。

文哉にしてみれば、もっと田舎で自分を試してみたくなった。

天候に恵まれたその日、凪子を同乗させた軽トラックで出発する際は、和海をはじめとした地元の知人に見送られた。凪子に片思いするビワ農家の長男、彰男《あきお》まで顔を見せた。

とはいえ、家を購入すると決めたわけではなかった。なにやらふたりの門出のような雰囲気が照れくさかった。

「なんなら帰ってこなくてもいいぞ」

和海は叫んでいたが、文哉と凪子はそこまで深い男女の関係には至っていない。ふたりだけで会い、お互いに自分をさらけだすことがようやくできるようになってきたとはいえ、文哉は二十六歳、凪子は六つ年下。

いつもより長いドライブ感覚で出かけたふたりは、まずは市蔵の家を目指した。今回は高速道路を使い、不動産会社との約束の一時間前に現地に入った。

しかし、あいにく市蔵は不在だった。朝から山へでも出かけたのだろうか。物件の内覧日を急ぎ決めたため、連絡していなかった。

時間にはまだ早かったけれど、ふたりはすぐに青い屋根の家へ向かった。

前回とはちがって、山間に続く二車線道路から山側へ分け入る道を見つけ、坂道をゆっくり軽トラックで登っていく。そこはすでに車がぎりぎり一台走れる山道で、脱輪しそうな危険なカーブがある。家など一軒も見当たらない。両側は篠竹で覆われている。

どこか幸吉の農家に向かう道に似ていた。

そそり立つ杉林の斜面が迫ってきたそのとき、急に視界が開けた。

「わあ、すごい」

思わずといった感じで凪子が声を上げた。

狭い坂道の右手にある畑の木が白い花をチラチラつけている。

道を挟んだ左手にも同じ花をつけた木が並んでいる。

畑からのびた木の枝が軽トラックのミラーやボディを何度も擦《こす》った。

その木々がつけた白い花は、文哉が予想していたとおり、春を告げる花、梅だった。群馬県が全国第二位の生産高を誇る果実の花だ。

背が高くなりすぎた梅の老木は、秋の終わりに見たときとは見ちがえるほど生気に満ちていた。

——思い出した。

イトさんが別れ際に言っていた。

「次来るときゃあ、花の咲く頃にしな」

奇《く》しくもそのとおりになった。

ガタガタと揺れるフロントガラス越しに、青い屋根がようやく見えてきた。

9

軽トラから降りると、外気はひんやりとしていた。

——閑《しず》かだ。

山の中腹であり、山の陰になっているから余計にそう感じるのかもしれない。

梅が咲きはじめているものの、南房総と比べ、本格的な春の訪れにはまだ時間がかかりそうだ。

文哉は初めて対峙《たいじ》した青い屋根の空き家を見つめた。簡素な佇《たたず》まいは、慎ましい暮らしの舞台だったことを想像させた。

なにかの気配を感じ後ろを振り返る。山が迫っている。冬枯れして身を縮めた草木の生えた藪の斜面の向こうは、杉の森。緑の少ない今はまだ、どこか荒涼とした景色に映った。

肩を並べた凪子も同じ方向に視線を投げていた。

「――さてと」

文哉はつぶやき、自分にスイッチを入れた。

空き家の内覧の時間は限られている。不動産会社の担当者が到着する前に、家の外まわりだけでも見ておきたかった。

この空き家に至る狭い道と庭だけは、少し前に手を入れたのか、草丈は二十センチほどの高さだ。庭の地面はじめじめしていて、ぬかるんでいるところさえあった。昨日は雨が降っていないので、水はけがわるそうだ。

平屋の青い屋根には、やけに高いテレビアンテナが立てられている。ということはテレビの視聴は可能なのだろう。もらった資料の説明では「瓦葺」となっていたが、正しくはトタンと瓦葺だ。青く目立つのはトタン屋根の色で、見える範囲にも赤錆《あかさび》が浮いている。雨漏りの心配がありそうだ。

庭に面した部屋の前には、塩化ビニール樹脂製の屋根が張り出している。その黒ずんだ屋根の下に二畳ほどの横長のスペース、木製のベランダがあったようだ。すでに板張りの床は抜け落ち、脚は朽ちかけ、腐った板が周囲に散乱していた。あるいは物干し台だったのかもしれない。屋根を支える両端の鉄柱に、太い竹が一本水平に掛けられている。

庭に面した部屋の隣、山側にあるのは納屋で、トタン張りの屋根も壁もかなり錆《さ》びている。草に覆われている入口には、とってつけたようなアルミサッシの引き戸がある。納屋の古さからみて、あとから取りつけたものらしい。

納屋の入口の正面に立つと、アルミサッシの引き戸は明らかに傾いている。納屋自体が傾いているのかもしれない。引き戸の磨《す》りガラスには石が当たったような傷があり、そこから縦にヒビが入っていた。

納屋の脇を通って家の裏手へまわろうとしたが、山との境に並んで植えられた二メートルほどの庭木には落ち葉が積もり、藪と一緒に文哉の行く手を阻んだ。

「こっちからは無理そうだな」

つぶやいて文哉がもどると、凪子が細い頤《おとがい》を上げ、まだ山を見つめていた。

「どうかした?」

凪子は返事をせず、黙って指さした。

文哉も同じ方向を見上げた。

家をとり囲むように南西に連なる低い山の斜面には、杉の木立がまっすぐに空へとのびている。よく見れば手前側の杉の幹にはツルが絡まっている。

「なんのツルかな？」

文哉のつぶやきに、隣で凪子はこくりとうなずいた。

凪子はこれまで海辺の漂流物、流木や貝殻などを使ってクラフトづくりに励んできた。山では植物のツルを利用したいと考えている。アケビのツルに興味を持ち、文哉が採集してきたものを使って、実際に新たな作品を生み出してもいた。

青い空に向かって垂直に高くのびた杉が、纏《まと》うように灰色のツルに覆われている。その姿は壮観で、こんな景色がいつでも庭から眺められるのはわるくないと思えた。

しかし、そのなかに大きく傾《かし》いでいる大木が一本あった。

「――危ないな。倒れかけてる」

凪子が黙ってうなずいた。

その杉もまた、ツルに覆われていた。

凪子が言葉を発しないときは、緊張している場合が多い。緊張にはなにかしら理由があるはずだ。

やがて凪子の指先が傾いだ杉からすーっと動き、左下にある高台の茂みをさした。

「なんだろう?」

文哉は目を細めた。

——と、そのとき、

「おはようございます。早かったですね」

道のほうから声がした。

ネクタイを締めたスーツ姿の男だった。

中年らしき男は、腕時計で時間を確認してから名刺を取り出した。

「関口《せきぐち》といいます。今日は遠いところ、よくおいでくださいました」

受け取った不動産会社の名刺には代表とあった。

「千葉から来られたんですよね?」

驚いた様子でオンボロの軽トラックを見ていた。

「ええ、関口さんはどうやって?」

「車ですよ。ああ、私は路駐してきました」

照れ臭そうに答え、さっそく青い屋根の家の玄関に向かった。

それはそうだろう。下の道路からここまでたどり着くあいだに、文哉の軽トラックのボディは何度も道までのびた梅の枝で鞭打《むちう》たれた。

すでに表札が外された玄関の脇には、処分するためか、赤錆の浮いた朱色のハシゴが壁に立てかけられ、古い消火器が二本無造作に置かれていた。

関口は引き戸の穴にカギを差し入れ開けようとするが、うまくいかない。

「ちょっと、コツがいりそうですね」

苦笑いを浮かべ、何度か試してようやく解錠することができた。

「さあ、なかへどうぞ」

誘《いざな》われ一歩入った玄関は、田舎の家らしくそれなりに広かった。二畳ほどのコンクリートの土間になっている。

左手には靴箱。上がり框《がまち》の先、土間と部屋は格子に和紙を張った障子で仕切られていた。障子に破れはないが、うっすらと黄ばんでいる。右側に目を遣《や》ると、そちらにも入口があった。磨りガラスの格子戸は、東側の部屋の入口らしい。

関口は持参したスリッパを一段高くなった上がり框に置いて履いた。

「土足でも構いませんので」

関口に言われ、「え？」と文哉は声を漏らした。

初めて訪れる他人の家に、靴を履いたまま上がるのはさすがに躊躇した。

「──お借りします」

文哉は靴を脱ぎ、すでに置かれていたスリッパに足を入れようとした。

「ちょっと待ってください」

関口が早口で言い、右手で制した。

文哉は右足を浮かせたかっこうのまま、関口の動作をうかがった。スリッパを素早く手に取ると背中を向け、履き口を下に向け二度強く振った。置かれていた二足ともそうしてから、「どうぞ」と差し出した。

「どうかしたんですか？」

文哉は不思議に思い尋ねた。

関口は白髪交じりの人のよさそうな表情で、「念のためです」とだけ言って笑顔をつくった。

説明はそれっきりで、文哉は凪子と顔を見合わせた。

土間は太陽の光が差しこみ明るかったものの、上がった部屋は薄暗く、関口の足取りはやけに慎重だ。土間から上がってすぐの部屋は四畳半の和室。あまり見かけない、というか初めて目にする間取りだ。

もっとも、家の間取りについては届いた資料ですでに確認していた。けれど、入った最初の部屋が狭く、天井も低い。空気が淀《よど》んでいるようで息苦しさを感じた。

「お待ちください」

関口は台所らしき次の間に向かい、なにやら操作した。

カチッと音がして、薄暗かった屋内に明かりが灯る。分電盤のブレーカーのスイッチを上げたようだ。

「では、どうぞ」

声をかけられ、文哉は凪子と屋内を見まわした。

別荘の管理業務を営む文哉としては、真っ先に窓を開けてまわりたかったが、そうもいかない。

なぜか関口はそそくさと外に出てしまった。気を利かせたのか、電話をかけにでもいったのか、それとも――。

文哉は凪子を連れ、恐る恐るといった感じで歩を進めた。

四畳半の部屋は、残置物がない分、余計に畳の汚れが目についた。壁際の畳の一部にうっすらと白くカビが浮き上がっている。止まったままの時計を吊《つる》した柱はやけに黒ずんでいる。黄土色の壁紙は一度張り替えたのか、さほど古さや汚れは目立たないが、天井の四隅には蜘蛛《くも》の巣が張っている。

四畳半の隣、玄関から向かって左、山側の部屋に足を踏み入れる。

こちらは六畳間。リビングというか、居間にあたる部屋だろうか。南側には採光のために縦長のテラスタイプのアルミサッシが四枚入っている。ポケットに用意したメジャーで測ると百八十センチあった。

外には、さっき見かけた朽ちたベランダがある。庭先で関口がタバコを吸っている。

視線をもち上げると、庭の入口近くにある栗《くり》の木の右手に、未舗装の道路を挟んで山の斜面、正面には白い花をちらつかせた梅畑が見えた。おそらくここが一番眺めのよい、明るい部屋だ。

後ろを向くと、壁の上方、南向きに神棚が設置されていた。扉が三つある本格的な造りだ。真ん中の扉が少しだけ開き、棚の上に置かれた白い榊立《さかきたて》が倒れている。宗教に関心の低い文哉にとって、いわゆる残置物と言わざるを得ない。

その六畳間の山側は、戸襖《とぶすま》で仕切られた押入れが二つ並んでいる。戸襖には染みが浮き、薄汚れていた。天井には染みはない。

少し迷ってから、戸襖の引手に手をかけ横に滑らせてみた。なかは空っぽ。奥の板壁のすぐ向こう側に、まだ入っていない納屋があるはずだ。

凪子がぼんやり神棚を見上げていた。

「やけに立派だけどね」

文哉は小声で言うにとどめた。

凪子はなにも反応を示さなかった。

神棚が置かれている長押《なげし》の下は壁ではなく、向こう側の廊下とを仕切る戸襖の裏側になっていた。この辺はかなりいい加減な造りのような気もした。もっとも、戸襖であれば、夏は外せば風通しがよくなるだろう。

家を支える柱に注目することにした。外見ならなんとかなる気がしたからだ。汚れた畳はクリーニングするか、最悪の場合、畳表を張り替えてもらえばいい。壁紙にしてもそうだ。

でも、柱や基礎についてはそう簡単ではない。文哉は各部屋の柱、床の傾き具合に注意を向けた。基礎に問題があるとすれば、修繕がおおごとになり、場合によっては建て替えを余儀なくされる。その可能性が高ければ、今回はあきらめるつもりだ。なぜなら家を建て替えるだけの資金は、文哉にはない。

「うーん、これはまずいな」

文哉は足もとを見つめた。

問題が見つかったのは水回りだった。

ポケットに忍ばせてきたビー玉を使うまでもなく、キッチンというより台所と呼ぶほうがふさわしい部屋の床が、隣の四畳半に向かって明らかに傾いている。強く踏み込むと、わずかに床がしなるような感触があった。床には、なにかをこぼしたのか、飛び散ったように黒いものがこびりついている。

凪子も気づいたようだが、なにも言わない。

コロナ禍でなくとも、マスクをすべきようなありさまだ。担当者とはいえ、関口が庭に出たくなるのも無理はない。

都会の暮らしに慣れた人間なら、「これは無理」と早々に内覧を打ち切るかもしれない。けれど、文哉は簡単にあきらめることはしなかった。

文哉が見ていたのは、家の現状ではなく、自分が手を入れたあとのイメージだった からだ。そのイメージを持てるか持てないかで、選択の幅は大きく変わってくる。

台所の間口にある柱を二本調べた。柱自体は古いけれど問題なさそうだ。指の関節で位置を変えながら叩《たた》いてみたが、中が空洞になっている音ではない。

とはいえ、床下がどうなっているかは、床板をはがしてみなければわからない。

北に面した台所の磨りガラスの窓は、アルミサッシではなく、なんと木枠だった。見たこともない差し込み式の真鍮《しんちゅう》のカギがついている。窓と窓枠のあいだには肉眼でわかるほどの隙間が空いていた。

古めかしい窓に向かって配置された流し台は、公団住宅にあるタイプと同じで、おそらく昭和の遺物だろう。高さがかなり低い。昔の女性のサイズなのかもしれない。

シンクにはうっすらと錆が浮き、水垢《みずあか》で白く濁っている。長年使われていないであろう蛇口から水が出るのか定かではない。

シンクの下にある収納の扉は黄ばみがひどく、蝶番《ちょうつがい》が青いのは、「緑青《ろくしょう》」と呼ばれる錆のせいだ。銅などに付着しやすいと以前和海から教えられた。見た目がひどく、放置されたままの炊飯器や油だらけのガステーブルと一緒に処分するしかなさそうだ。

だらしなく紐《ひも》を垂らした換気扇は、青いプロペラが一枚足りなかった。

台所にある裏口のドアの上に分電盤があった。木の板にむき出しのままスイッチが取り付けられている。緑色のアンペアブレーカーには「単2‐30A」とある。その横に黒いスイッチが四つ並んでいる。おそらくかなり昔のタイプだろう。

台所から納屋のほうへ向かう短い廊下は人ひとりが通れる幅しかない。右手にある建付けのわるい引き戸を開け、のぞくと風呂場だった。ここの窓枠も木製。コンクリの三和土《たたき》に敷かれていたのであろう簀《す》の子《こ》は、すでに役目を終えた体で立てかけられている。脚の三分の一が朽ちていた。昭和感漂う水色のタイル張りの浴槽は目地が黒ずみ、一部が欠けていた。

湿ったコンクリの上でぴょんとなにかが跳ねた。

思わず一歩後ずさる。

便所コオロギと呼ばれるカマドウマだ。南房総でも見かけるがサイズがひとまわり大きい。

瓜子にはあまり見せたくなかった。

廊下の突き当たりは便所。

丸みのある小さな手洗いがついているものの、蛇口は外されていた。便所は、文哉が慣れ親しんでいる簡易水洗式のぼっとん便所だが、水槽タンクが付いているタイプではなく、使い方がわからない。水が止められているので試してみることはできないが、果たして流せるのかどうか。

この家には洗面所というものが存在しない。昔はあたりまえだったのだろうか？

高い位置にある木枠の小窓からは、暗い納屋の内部が見えた。

ふたりは押し黙ったまま空き家の内覧を続けた。

廊下をもどり、入ってすぐの四畳半の東側にあたる部屋へ足を踏み入れた。八畳の和室が南北に並んでいる。今まで見た部屋と同様に薄汚れていたし、畳に染みができている。とくに南側の部屋の真ん中あたりの染みはかなり大きい。古い家とはいえ、ふつうに人間が生活していてできるものとは思えなかった。

天井を見上げると、そこにも染みがあった。畳の染みと、ほぼ同じ位置だ。それがなにを意味するのかは、天井裏に上がってみるしかない。

文哉には予想できたが口にはしなかった。

部屋を仕切る六枚の戸襖にも染みがある。

照明用の壁スイッチは手垢まみれだ。

そういえばこの家には、南房総の家には付いている雨戸がない。南房総では台風が多いこともあり、近所の家にも雨戸かシャッターがほぼ付いている。和室のせいか、ここの窓には障子があるだけ。こんな山のなかなのに雨戸がなくて問題ないのか疑問に感じた。

こちらの二間続きの八畳間にしても薄暗い。北側の台所はとくにそうだが、昼間でも明かりが必要になるかもしれない。

やはり、山が迫っているからだ。

そして、あることに気づいた。

柱の色が今まで見た部屋とは明らかにちがうのだ。材質も異なる気がした。

その件について、庭にいる関口に尋ねたところ、「ええ、そうなんです」とあっけなく答えた。「家の山側半分は昭和に建てられたものですが、もう半分は平成に建て増ししたそうです」

なるほど、だから屋根がトタン葺と瓦葺とになっているのだ。

違法建築などではなく、登記も済んでいるという。

――ならば、経年劣化による傷みは、とくに家半分は軽いかもしれない。

わずかながら、望みが出てきた。

この家は築五十年の空き家の古民家として売りに出されているが、内実は異なる部分もあるわけだ。

柱はどれもしっかりしていた。昭和の部屋の柱は無垢の杉。天井が高くなっている平成の部屋の柱は檜《ひのき》らしかった。

ひと通り部屋を見終え、文哉は腕を組んだ。

凪子はすでに玄関で待っていた。

4Kという間取りについては、台所続きの部屋が四畳半で手狭な気がしたが、ほかに六畳と、八畳が二間ある。すべて和室とはいえ、部屋数はじゅうぶんだ。納屋もあることだし、収納についても問題ないだろう。田舎の昔の家は、大家族で暮らしていたケースが多く、部屋が必要以上に多い場合も少なくないが、この家はかなりコンパクトにできている。

気になった水回りについては、設備の劣化が進んでいてそのまま使えるとは思えない。風呂は沸かせるのか。いや、タイル張りの浴槽はそれこそ水漏れの心配だってありそうだ。便所は汲み取り式とのことだが、ここまでバキュームカーが入ってこられるのか心配だ。

全体としてはどの部屋の畳も床もひどく汚れていたし、大きな染みがある部屋もあり、不衛生でこのまま住むことはできそうにない。

つまり、「要・補修」であるわけだ。

「この家は土砂崩れの心配はないんでしょうか?」

文哉は凪子と一緒に庭に出ると尋ねてみた。

「こちらは県による土砂災害の警戒区域には入ってません。山の中腹にあるので、河川の氾濫《はんらん》による浸水の心配は、かえって少ないんではないでしょうかね」

関口は落ち着いた口調で答えた。

安心したものの、それではなぜ、この空き家は安い値段で売りに出されているのだろうか？

疑念が頭をもたげる。

たしかに古いし、汚れている。

それだけのことなのか？

文哉は真相を突き止めたかった。

「関口さんの会社は高崎にあるんですよね。どうしてこの物件を担当することになったんですか？」

「それはですね、若い頃はこっちにある不動産会社に勤めてましてね。そのときの付き合いがまだあるもので」

「なるほど、こちらのご出身なんですね？」

「ええ、そうです」

淡々と答える関口の言葉にうなずくしかなかった。

しばしの沈黙のあと、凪子が初めて口を開いた。

「この家にはどんな方が住んでたんですか?」

小さいが凜《りん》とした声だった。

意外な質問だったが、たしかに家は住む人の影響を大きく受けるはずだ。

「さあ、どうですかね」

関口の言葉が初めて詰まった。「住んでいた方は、おそらく、もう亡くなっているんじゃないですかね。詳しいことは、私も……」

関口は首をかしげた。

「じゃあ、売主の方というのは?」

今度は文哉が尋ねた。

「家を相続した方になりますかね」

曖昧な返事が続く。

「こちらの方ですか?」

「おそらく、以前は……」

関口は言葉を濁し、少し間を置いてから話題を変え、建て替えやリフォームをするのであれば、市から支援金が出る制度があるという話を持ち出した。また、自社で業者を紹介することも可能だという。

できることは自分でやるつもりの文哉は興味を示さなかった。

「――それでは、そろそろよろしいですか？」

関口が腕時計を確認した。

早いもので一時間が過ぎていた。

これ以上見ても、家の粗さがしになるだけだろう。

一反の畑付きの二百三十万円の古民家に文句をつけたところで仕方なさそうだ。

関口は担当者でありながら積極的に物件を薦める姿勢は終始見せなかった。

最後に、文哉は意を決して尋ねてみた。

ここへ来たときに、山を見つめていた凪子が指さした、茂みに隠れた場所のことだ。

「あそこに、なにかありますよね？」

「え？　どこですか？」

関口はまぶしげに額に手をやった。

「少し上の高台になってるところに」

「ああ、お気づきになりましたか」

「ええ、さっき」

「こちらの物件とは境界を接した土地ではありませんが、どうやら昔の塚のようですね」

「塚とは？」

「いわゆるお墓です」

関口は静かな口調で答えた。

「じゃあ、こちらの方の関係の？」

「詳しくは存じません」

関口は神妙な顔つきで首を横に振る。

文哉は塚のほうを眺めた。

「すみませんが、次のお客さんとの約束があるもので。なにかありましたら、ご連絡ください」

関口は慇懃《いんぎん》にお辞儀をしてから、草の生えた道をあたふたと下っていった。

10

ふたりだけになった文哉は、凪子に声をかけた。

「ちょっと見てくる」

向かったのは、凪子が指さした場所。この家に至る道から山側にある高台。草木に枯れたツルが絡み、あるいはその上に落ち葉が積もり、庭からではそこがどうなっているのかわからなかった。

一度だけ振り向いたが、凪子はついてこなかった。

早足に進んだ文哉は、踏み石が積まれた、昔そこが参道だったであろう階段を見つけた。枯れ葉を踏む自分の足音がやけに大きく聞こえる。

たどり着いたなんとなく開けている場所は、日陰のせいか空気がさらにひんやりしている。腐葉土のにおいがした。茶色く変色した葉を付けた杉の小枝が積もっているのはツツジのようだ。人の手による植栽の名残だろう。

落ち葉に埋もれるようにして、地蔵が彫られた小さな墓を見つけた。

そこから横に、村を見下ろすように墓石が並んでいる。

苔《こけ》むした墓はさまざまなかたちをしているが、どれもかなり風化が進んでいた。あるものは地蔵そのものだったり、墓の上が三角だったり、かまぼこ形だったり……。

足を止め、しゃがんでのぞきこむと、墓石になんとか読める文字を見つけた。

「──寛政《かんせい》」

文哉は声に出した。

どうやら江戸時代の墓らしい。

倒れた、あるいは傾いてしまった墓石もある。

もっと古い年代のものかもしれない。

たしかに昔の塚と言えそうだ。

その場所から青い屋根の空き家を眺めた。

——こんなに近くに死者の場所がある。

文哉はそれ以上先へは進まず、並んだ墓に向かって手を合わせた。なにがそうさせたのかは、よくわからなかった。

空き家の庭にもどると凪子の姿がなかった。

あわてて名前を呼ぼうとしたとき、軽トラックの助手席に彼女の姿を認めた。シートにもたれ、目を閉じている。

文哉は声をかけずにおいた。

——凪子の母の墓はあるのだろうか？

ふと思った。

同時に、自分の父、芳雄の墓がないことを思い出した。

先祖の墓はあるのだろうが、芳雄は親戚づきあいをしていなかった。芳雄には兄がいたが、仲がわるかったらしい。文哉は会ったこともない。離婚が原因なのか定かでないが、寡黙だった芳雄は、二人の子供が近くにいたとしても孤独だったのかもしれない。骨壺《こつつぼ》に入った芳雄の遺骨は、南房総の海が見える家に保管したままでいる。

一方、かつて芳雄の恋人だった凪子の母、夕子《ゆうこ》は夕暮れの海でボートから落水し、遺体は揚がらないままだと聞いている。

――海が見えないところへ行きたい。

文哉にそう告げた凪子は、母の死について一区切りついたようにも見える。凪子の母のケースのような場合、どのような供養のやり方があるのだろうか。

墓には、故人の冥福を祈るための記念碑という役割がある。

けれど文哉には、父の墓はない。

おそらく凪子にも。

文哉と凪子は親しくなったが、それでもまだ触れられぬ過去があるのも事実だ。そのことを思うとき、こんなに近くに死を連想させる場所がある家で暮らすのがふたりにふさわしいのか、心許《こころもと》なく思えてくる。

小さくため息をついて気を取り直し、山とは反対側から空き家の裏へまわった。

11

「疲れた？」

文哉は軽トラックの運転席に乗り込むと尋ねた。

「――うん」

凪子はシートにもたれたままこちらを向き、一重の目を指でこすった。

「朝早かったからね」

笑い返し、エンジン・キーを差し込んだ。

「もういいの？」

「家の裏側と納屋のなかも見てきた。畑の様子もね。スマホで写真を撮ってきた」

「そう」

小さくうなずいた凪子は、高台の塚については尋ねなかった。

「来てみていろいろと確認できた。家の半分が増築されてる。そのとき、おそらく古いほうも手を入れたんだと思う。壁や天井が汚れているけど、極端な古さを感じなかった。生活排水の方法だけは、もうひとつよくわからなかったけど」

家の裏にまわった文哉は、生活排水の経路をたどり、自然浸透させるための浸透枡を探したのだが、それらしきものは見つからなかった。屋根に取りつけられた雨樋《あまどい》が集めた雨水は、そのまま東側の斜面に垂れ流しになっていた。

そのことについて話しても、おそらく凪子は理解できないだろう。凪子だけでなく、この国の多くの人が、自分の住んでいる「家」の仕組みをよく知らないで暮らしている。多くのことを人任せにする習慣のせいだ。

「そういえば、凪子の家って水洗トイレだよね？」

「そうだけど」

「この空き家はウチと同じぼっとん便所だよ」

「子供の頃、そうだった」

「そっか」

文哉はうなずいた。

「納屋はどうだったの？」

「かなり片づけられてはいた。農機具なんかは処分したのかもしれない。プラスチック製の大きな樽《たる》や、わけのわからない物があったけどね。柱がかなりヤバいことになってた」

梁《はり》にスズメバチの大きな巣が張り付いていた跡があったことは、口にしなかった。

「畑のほうは？」

「詳しく見たわけじゃないけど、イノシシが入ってる。山とつながってるからね。人が住んでいないわけだし当然だとは思うけど、やつらが掘った跡がいくつもあった。下の道路側の斜面から篠竹が押し寄せてきて、梅畑の三分の一くらいが覆われてる。数えたら梅の木が十二本あったけど、正確な本数はわからない。剪定されてなかったせいで、梅の枝は伸び放題だしね」

「梅の実、生るのかな？」

「どうかな？」

「家も畑もかなりむずかしい状態なんだね」

凪子の声はどこか他人事のようにも聞こえた。

「――たしかに」

文哉は答え、エンジン・キーをまわし、軽トラックをノッキングさせながら発進させた。

「でもね、来てよかった」

文哉はきっぱりと口にした。

「そう。それはよかったね」

「田舎暮らしの現実っていうのかな。そういうのを実感できた気がする」

「――うん」

少し遅れて凪子がうなずいた。

山道を下り、幹線道路に出た文哉はハンドルを大きくまわし、空き家とは反対側の脇道に入りゆっくり進んだ。空き家の近くの様子を見ておきたかったからだ。

このあたりの道は二車線の幹線道路から外れると、ほぼ一車線の道路になっている。舗装はされているが、狭くくねくねしていて見通しがわるい。

といっても、人にも対向車にも出くわさない。後ろからも車は来ない。

「どこへ行くにも車なんだね」

瓜子がぽつんと言った。

「まあ、田舎だからね」

古い短い石橋を渡った。護岸されていない川は浅く、蛇行している。右手には、イノシシ避《よ》けのワイヤーメッシュのフェンスで囲われた、かなりの広さの田畑が広がっている。

石垣の上の山際に、ぽつんぽつんと民家が建っていた。

そういえば、イトさんの家もたしかこの辺りのはずだ。

「あ、同じ花」

瓜子が声を上げた。

「梅の花だね」

文哉はアクセルを踏み込んで坂道を上っていく。

蛇行する川沿いに幹線道路が走り、両側には低い山が連なっている。田畑が広がっているのは川の流域のわずかな平地で、そこに集落ができあがっているのがわかる。見てきた空き家に比べて、川を挟んだ東側は日当たりがやけによかった。

山の斜面の竹林が途切れた先に、再び梅畑が見えた。このあたりが梅の産地であることはまちがいなさそうだ。空き家の梅の木とは異なり、収穫しやすいように低く剪定されている。

山の頂上近く、眺めのよさそうな場所で文哉は軽トラックを停《と》めた。

凪子は少し元気をとりもどしたのか、先にドアを開けた。

背伸びをしてから見下ろした斜面には梅畑が続いている。その先に竹林があり、低い山並みが集落を挟むように連なっている。

そして、その向こうには——。

「わあー、大きな山」

凪子がめずらしく声を上げた。

「そうだね、妙義山《みょうぎさん》だよ」

「へえー、こんなにギザギザした山初めて見た」

「千葉の鋸山《のこぎりやま》もギザギザしてるけどね」

「こっちのほうが高い」

「標高は千メートル超えてるからね。登山する山としてはそれほど高くないけど、かなり険しい山らしい。毎年遭難者が出るって話だよ」

「たしかに、すごいかたちだもんね」

「絵になるよね」

「あ！」

「なに？」

「あっちにも山が。雪を冠《かぶ》ってる」

「——ほんとだ」

「あの山は？」

「方向からして、群馬と長野の県境にある浅間山だろうな」

「へえー。あの山も高いね。雪を冠った山なんて初めて見た」

「妙義山の倍以上の高さはあるだろうな。活火山だよ」

「そうなんだ。あんな山まで見えるんだ」

「いい景色だね」

ふたりして山々を眺めた。

——いいところだな。

口に出さなかったけれど、胸に迫るものがあった。

南房総で初めて海に沈む夕陽《ゆうひ》を見たときと同じように。

凪子も黙って眺めている。

そのまなざしは、どこまでもやさしかった。

12

「お腹《なか》減ったね」

「うん」

「けど近くに食堂なんてありそうもないな」

文哉が言うと、「コンビニも」と凪子がつけ加えた。

時間を確認するとすでに十二時を過ぎていた。

「さて、これからどうしようか?」

文哉はシートベルトを装着した。「軽井沢にでも行ってみる?」

「そこって、どんなとこ?」

凪子は知らないようだ。

「どんなとこって聞かれても困るけど、ほら、高原にある有名なリゾートだよ。別荘がたくさんあるんだ」

「ふうん」

凪子は興味を示さず、ジーンズのポケットから取り出したスマホの画面をのぞきこんでいる。

「どうかした？」

「少し前に着信があったみたい。今、気づいた」

「そういえば、このあたりは電波わるそうだからな」

文哉は空き家でスマホが使えるか確認するのを忘れたことに気づいた。

「だれから？」

凪子は答えず、少しあわてた様子で電話をかけた。

何度か試し、ようやくつながったらしく、華奢《きゃしゃ》な背中をまるめ、スマホを耳に押しあてている。

「わかりました。今、出先なものですから……」

凪子は見えない相手に何度も頭を下げた。

着信は、凪子の祖母、波江《なみえ》が世話になっている介護施設からだった。波江が施設で転倒したらしい。看護師によれば目立った外傷はないものの、頭を打った可能性があるため、今は安静にして様子を看《み》ているとのこと。息子である和海にまず電話したがつながらず、凪子の携帯電話にかけたそうだ。

電話を切った凪子は思い詰めた目をしていた。

文哉は、和海と連絡をとろうかと思ったが、黙り込んだ凪子に声をかけた。

「――帰ろう」

凪子と一緒に訪れた青い屋根の空き家の内覧からもどった文哉は、撮影してきた現地の写真を何度も見返し、不動産会社の関口とその後も連絡をとった。関口によると、これまでに内覧した人のなかに、購入希望者がいるとのことだ。

あの状態の空き家の購入を検討している者が自分以外に存在する。立地からして投資物件にはなりがたいはずで、自分で使うつもりなのだろう。驚くと共に、少し愉快でもあった。

聞けば、客はかなり年輩の男性で、地元の人ではないらしい。

文哉はその電話で自分も前向きに検討していることを強調した。

凪子の祖母、波江は、その後は問題なく施設で過ごしている。凪子は毎日のように施設へ通っていた。

13

三月中旬、文哉はひとりで再び群馬県南西部の彼の地を訪れた。少しだけ春の歩みが進み、前回よりも緑が増えていた。畑の梅の花数はかなり多くなった印象だ。

不動産会社の関口は現地へは来なかった。空き家の玄関の引き戸の鍵は、施錠されたキーボックスのなかにあり、暗証番号を教えられた。要するに内覧に同行できないので勝手に見てくれ、ということだ。

文哉としては気を遣う必要がなく、逆にありがたかった。

鍵を開けるのに少々手間取り、玄関に入ってスリッパを履こうとしたそのとき、文哉は思わず「うわっ」と声を上げ、身震いした。

スリッパの近くに頭と触角がオレンジ色の何本もの脚がある毒々しい生き物がいた。実際に毒腺を持つ節足動物、「百足」と書くムカデだ。長さは十五センチくらい。

先日、ここへ来た際の関口の不審な行動を思い出した。

あのとき、関口はスリッパを素早く手に取ると背中を向け、履き口を下に向け二度強く振った。

――あれは、スリッパのなかに、こいつが潜んでいないかたしかめたのだ。

背筋にぞわりと寒気が走った。

山に近いせいだろうか、このサイズのムカデを見たのは初めてだ。こんなことが日常的に起こりえる場所なのだ。

ムカデは冬眠明けのせいか動きが鈍く、まるで機械仕掛けのように脚をゾロゾロと動かし悠然と土間へ、そして靴箱の下の隙間に消えた。

――あいつに気づかず踏んづけでもしたら……

ムカデの毒にやられると、激しい痛み、腫れや痒《かゆ》みに苦しむと聞いたことがある。文哉は完全に出鼻をくじかれてしまった。

しかも、あいつはまだこの家のなかにいる。

いったん外に出てから、気持ちを切り替え、前回気になった場所を重点的に見ることにした。とはいえ、ムカデのせいで、おそるおそる内覧する破目になった。もちろん、履く前にスリッパを何度もよく振ってみた。

台所の傾斜した床については、膝をついて柱をくまなく調べたがシロアリの痕跡は認められなかった。なにが原因なのかは不明なままだが、すぐに床が抜けるような心配はなさそうだ。

思い出してスマホの電波を調べてみた。左上に「圏外」という文字が表示された。

文哉は思わず舌打ちした。

外に出て屋根の上を見た。テレビアンテナの高さは、三メートルはある。電波の届きにくいこの場所で、テレビを見るための対策なのは明らかだ。

もう一度スマホを試したが、やはりダメだった。

家の裏へまわり、外壁伝いに水道管、ガス管、排水管の位置を確認した。前回は気づかなかった排水枡を家の角の草むらの地面に見つけた。

排水枡とは、排水管の合流部や傾斜の変わる位置に設けられる設備で、排水管の詰まりを防止するいわば点検口の役目を果たしている。最近のものは塩化ビニール製だが、この家のはコンクリート製だ。

用意した作業用手袋をはめ、排水枡のフタを開けてみる。

「あれ？」

枡のなかには、穴が四つもあった。

方向からして、三つは生活排水の経路らしい。おそらく風呂の排水管、台所の排水管、外にある水道の排水管につながっているはずだ。もうひとつの穴は道路に続く斜面に向かって開いている。

文哉は首をかしげた。

排水枡は、浸透式、つまりは地面に排水を染みこませる浸透枡だと思っていたからだ。

鍵をキーボックスにもどすと、山を見上げた。

右斜め四十五度に傾いだ杉の大木はそのままの位置にあった。

空き家、納屋、畑を一通り見終えた。敷地内には、不法投棄物などは見当たらなかった。

今回は塚へは登らなかった。

軽トラックに乗り込んだ文哉は、その足で近くに住む市蔵の家に向かった。

もちろん最後は自分で判断するつもりだったが、近くで暮らす市蔵の意見を聞いておきたかった。不動産会社には前向きに検討していることを伝えたが、あくまでポーズであり、手付け金を納めたわけではない。

今回も突然の訪問となってしまったが、市蔵は運よく在宅だった。

以前と同じく文哉をあたたかく迎えてくれた。

14

市蔵の家の庭で焚き火を囲みながら、文哉はこれまでの経緯を話した。

「――あの家をな……」

市蔵は驚いたあと、腕を前で組んでしばし黙り込み、弱くうなずいた。

「まだ決めたわけじゃないですが、畑が付いているのに値段も安いんで」

「とはいえ、よいじゃねえぞ」

「簡単じゃないってことですよね？　わかってるつもりです」

文哉は熾火《おきび》にかざしかけた両手を引っ込めた。

「おめえさんが南房総の家で暮らしはじめたときもよ、苦労はあっただろうさ。だが、そんときゃあ、親父さんの知り合いやら、幸吉っぁんが手を貸してくれたんじゃねえか？」

「たしかにそれは感じました」

「前にも話したと思うが、ここはあそことは勝手がちがうんさ」

「もっと田舎だ、ということですよね。それもあって、市蔵さんの意見を聞ければと思って」

切り株に腰かけた文哉は頭を下げた。

「で、空き家のほうはどんな具合だった？」

市蔵の声は低いままだ。

「不動産情報には補修が必要と書かれていたんですが、たしかにそのまま住める状態にはありません。ですがおれには、経済的に建て替えという選択肢はないんで、家や納屋は自分でなんとかリフォームできれば」

「畑は？」

「梅畑も似たような感じです」

「できそうか？」

「自分の手に負えるのか、正直不安はあります」

「気になるのは？」

市蔵の問いかけに、文哉は頭に浮かんだ懸念を次々に口にした。

「あーね、いろいろあんだな」

市蔵は微《かす》かに口元をゆるめ、組んだ腕をほどき、自分なりの考えを話しはじめた。

「まず、倒れかけてる杉の大木については、本来は山の持ち主の責任なんさ。持ち主の見当はつくが、すぐに対処してくれるとは限らん。下手に頼んだりすりゃあ、それこそうまくねえ。おめえさん、あそこの山に入りてぇんだろ？」

「もちろんです」

「だったら、てめえでなんとかするしかねえな」

「というのは？」

「その杉がどんな具合か見てねえからわからんが、家に倒れてきそうなら、さっさと別の向きに倒しちまうしかねえさ」

「勝手にやって問題になりませんか？」

「倒れかけてんだろ？　それなら木を横に寝かしてやっても文句は言わんさ。いくら山の持ち主といってもよ」

「そういうもんですか？」

「まあな。こいつは法的な話じゃねえからな。あくまでおらの考えさ」

市蔵は断りを入れてから話を続けた。

「家の生活排水の経路についてはよ、おめえさんの話を聞く限り、ウチもそうだが垂れ流しじゃねえ。下の道路の下水道までつながってんじゃねえか。だれの土地に配管が通ってるのか知らねえけどな」

「だとすれば、ありがたいです」

「それから、あの辺りで土砂崩れが起きたって話は聞いたことがねえ。ここいらは毎年起きるような災害はねえんさ。地震は少ねえし、台風の通り道ってわけでもねえ。二十年くらい前、この先で地滑りが起きたことはあるけどな。雪もそれほど降らん。けどな、何年か前の大雪のときはてえへんだった。雪に対する備えってもんがねえだろ。牛舎に雪が積もっておっぺして、離農したもんなんかも出たんさ。浅間山が噴火すりゃあ、それこそどうなるかわからん」

「そうなんですね」

文哉は、恐れは少ないという意味にとって、うなずいた。

さらにもうひとつ、気がかりな件を尋ねてみた。

「あそこの山の少し上がったところに、塚があるんですよ」

「ああ、たしかにある」

「それはどういうわけで？」

文哉は言葉を選びながら尋ねた。

「古い墓だろ。ここいらではめずらしいことではねえんさ。山や田んぼや畑のなかに墓がある。今は法律で墓を建てる場所には規制があるらしいが、昔は自分の土地、他人様《ひとさま》に迷惑をかけねえ場所につくったんだろうよ」

「江戸時代の墓もありましたけど」

「だとすりゃあ、土葬だろうな。地面の下に死体が埋まってる」

市蔵はためらわずに口にした。

文哉はつばを呑み込んでから尋ねた。

「その土地の先祖の墓、ということですかね？」

「まあ、そうだな。自分の土地ってことは自《おの》ずと家の近くになる。だから今でもお彼岸やお盆や命日には墓参りは欠かさねえ。近くで先祖に守ってもらう、という意味合いもあるだろうさ」

文哉は黙ってうなずいた。

「気になるんか？」

「いや、おれはそうでもないですが」

「だれかと住む気か？」

「いえ、それはまだ……」

「あーね、気にするもんもおるだろうな。街中では、墓地は決まった場所にあるからのう。寺や霊園とやらに。それに、おめえさんにとっちゃ、先祖ではないわけだからな」

市蔵は白い山羊鬚《やぎひげ》を右手でしごくようにした。

「個人の墓というのは、街中ではあまり見かけないですよね」

「いつの時代からか、死というものを遠ざけちまったのさ」

――死を遠ざけた。

そうかもしれない。

文哉は亡き父のことを、海で遺体の揚がらなかった凪子の母のことを思った。

「けどよ、生きてるもんが死ぬのはあたりまえ、自然なことさ」

「それは、そうですね」

「おめえさんがあの塚の前で手を合わせりゃ、自分の先祖でなくても、守ってくれるんじゃねえか」

市蔵の言葉は、実際に手を合わせた文哉の胸に染みた。

――恐れることはない、と。

文哉は小さく息を吐いた。胸の奥のわだかまりが、かるくなった気がした。

「まあ、そうはいっても時代が変わり、墓のめんどうを見るもんがおらんようになってるんだろうがな」

市蔵は足もとの熾火に薪を足した。

「それでもあそこが気に入ったんか？」

「ええ、まあ」

文哉は顔を上げた。「あの家というより、場所はすごく気に入りました。山にも畑にもすぐに行けますからね。ここと同じように、焚き火も自由にできそうだし」

「そんなん、わけない」

市蔵が表情をゆるめた。

「でも、どうしてあの家はこれまで売れず、安い値段が付いてるんですかね？」

文哉はもう一歩踏み込んで尋ねた。

市蔵は落ちていた小枝で熾火をかきまわしてから口を開いた。

「こんな山奥にある集落ってのは、どうしても閉鎖的になるんさ。近所のもんに迷惑をかけたくねえ。後ろ指を差されたくねえ。そういう気持ちが勝るんじゃねえか。街中の家を少しでも高く売ろうとするのとはわけがちがう。次に入ってくるもんがどんなやつか、村のもんに注目される。売主に村との関係がありゃあ、それこそ他人事じゃねえ。信用できそうなもんにしか売りたかない。そうこうしてるうちに時間が経っちまう」

「そういえば、幸吉さんの家もそんな感じでしたね」

「あの屋敷、燃えちまったんだろ」

「――ええ」

文哉は熾火を見つめながら、炎に包まれるビワ山の家を思い出した。

「幸吉つぁんの祟《たた》りかもしれねえな」

「まさか」

文哉は薄く笑ってみせた。

「いや、あのじいさんならやりかねん」

市蔵は口元をゆるめたあと、「農家を売るもんをよく言う農家はいねえんさ」と言った。

「でも、だから安いんですかね？」

文哉は話をもどそうとした。

「いや、理由はそれだけじゃねえ」

「それは？」

「そうだなあ」

市蔵は少し間を置いてから答えた。「――あそこは、山に近すぎる」

「近すぎますか？」

「おいらのこの家も山には近いが、地元の人間なら、そう言うだろうさ」

「たしかにあの家は、一軒だけ村外れにありますよね」

「山に囲まれてっから、日当たりがわるいんさ」

はぐらかされたような気もしたが、たしかにそれも理由のひとつかもしれない。

「ここいらの土地ではよ、よく見りゃわかるが、一番日当たりのいいところに田んぼや畑があるんさ。昔は少しでも田んぼや畑を広くとるために、山の近くの日当たりのよくねえとこにわざわざ家を建てた。土砂崩れの心配があろうが、食うためなんさ。なんであんな危ない山際に家を建てたんだって、都会もんは言うが、そういう歴史があんのさ」

「――なるほど」

文哉はこの集落の風景を頭に浮かべて納得した。

「ただな、ひとつだけ言っとく」

市蔵があらたまった口調を使った。

「あそこの家は、あの集落の里山の最前線みたいなとこさ。獣があの家を越えて田畑に入ってくる」

「たしかに、梅畑にイノシシの掘り跡がたくさんありました」

「イノシシだけじゃねえ。シカやサルもわるさしやがる」

「サルもいるんですか？」

「いや、それだけじゃねえ。何年か前に、あの家の裏山に仕掛けたくくり罠に熊が掛かって騒ぎになった」

「え？　あそこでですか？」

「ああ、畑のすぐ上んとこさ。晩方《ばんがた》になって、山のほうからおかしな声がするって見にいって気づいたらしい。猟友会の鉄砲撃ちが来るのが翌日になったもんで、村のもんはそれまで外に出られんかった。罠に掛かったといったって、相手は熊さ。掛かった罠がいつ外れるかわかったもんじゃねえからのう」

「――そんなことが」

「その少し前の年にも、じつは似たようなことがあったんさ」

「くくり罠って、熊も掛かっちゃうんですか？」

「県の決まりでは、罠の直径は十二センチ以下って話になってる。熊の足が掛からねえようにな。けどよ、ちいと前までは、罠はもっと大きかったんさ。十二センチじゃ狭すぎると文句をたれるもんは、今でもたくさんおる」

「そんなに熊が出るんですか？」

　文哉の背筋がのびた。

「ちいと待ってな」

　市蔵は切り株から腰を上げ、縁側から家に上がった。

ひとりで庭に残された文哉は思わず立ち上がり、周囲を見まわした。

前に来たときと比べて、納屋の近くの薪棚の薪がずいぶん減っている。立地は似ているが、あの空き家よりこちらのほうが山との境がはっきりしていた。家と畑は柵《さく》で囲われている。

「たまたま罠に掛かって気づくんさ。熊がこんな近くをうろうろしてるんだってな」

もどってきた市蔵が写真を二枚差し出した。

斃《たお》れた熊が写っていた。

首の下に特徴である白い月輪《つきのわ》が見える。

地面には血糊《ちのり》がべったりついていた。

写り込んだ人の長靴のサイズと比較して、一メートルは超えている大きさだ。本州に生息しているのはツキノワグマであり、北海道にいるヒグマほど巨体には育たない。とはいえ、ツキノワグマによる人的被害も少なくない。

文哉にとっては、それこそ未知の生き物だ。

「去年の秋、あの山に入ったとき、気になるもんを見かけたんさ」

「なにをですか？」

「爪痕だいね」

「熊の？」

「だとすりゃあ、爪痕の位置からしておいらよりでかい」

市蔵は身長百五十センチくらいだ。

「大物じゃないですか……」

「杉の幹の傷はまだ新しかった」

市蔵は目を細めた。

手にした写真は文哉にわかりやすく現実を突きつけた。

十五センチのムカデにおののいている場合じゃない。熊が生息している山に接しているということも、あの家が空き家であることの理由なのかもしれない。

身の危険を感じた。

それ以上に、凪子の身にもしなにかあったら――。

文哉は鼻孔から冷えた空気を大きく吸い込み、細く吐いた。

「最近はイノシシだけじゃなく、シカやサルも増えてっからな」

「そうなんですね」

「しかたねえ。住む人間が減ってんだ」

「畑は自分で守るしかなさそうですね」

「あーね。畑だけじゃなく、自分の身もな」

市蔵の左手には一升瓶が握られていた。

「話を聞けてよかったです」

「──そうかい」

「おれ、この土地が気に入ったんだけどなあ」

文哉はため息まじりにつぶやいた。

足もとの熾火からぬくもりが立ち上ってくる。

「人はだれでもよ、自分が住みてえとこに住んでいいんさ。そういうもんさ」

市蔵はうなずくと、「それ」と言って山羊鬚を振り、湯呑み茶碗《ぢやわん》を差し出した。

15

青い屋根の空き家近くに軽トラックを停めた。

昨日は市蔵と日没前から酒を飲みはじめ、結局家に泊めてもらった。交わした話題の多くは、幸吉との思い出話だった。酒に酔ったのか、うっすらと目に涙を浮かべ、以前聞いた話をくり返す市蔵もまた、年老いているのだと感じた。

そして今日、文哉が足を向けたのは、前回、凪子を乗せて軽トラックで走った、青い屋根の空き家近くの集落に続く道。車の運転席からではなく、自分の足で歩いて見てみようと思ったからだ。

脇道に入る幹線道路の曲がり角には、鉄のメッシュ製の大きな箱があった。なかは空っぽ。近くに立っている看板には「ごみ収集所」と記され、ごみ出しの決まりが箇条書きにされていた。たとえば、「燃えるごみは、市指定袋に入れてください」とか「決められた収集日の朝8時までに出しましょう」などと。

――燃えるごみ以外はどのように捨てるんだろう？

――朝の8時までって、やけに早いな。

などと思いながら文哉は狭い道を進んだ。

古い短い橋を渡るときは、欄干《らんかん》の下に流れる川を覗《のぞ》きこんだ。と、瑠璃色《るりいろ》の鳥が水面を滑るように上流に向けて飛び去った。

――カワセミだ。

文哉は初めて見た。

閑沢川《かんざわがわ》の水量は少なく、川幅は約五メートル。川岸はコンクリートで護岸されておらず、自然のままだ。水は透き通っていて、目をこらすと流線形の小さな魚が数匹泳いでいるのが見えた。

蛇行するその川沿いの平野の東側に田畑が広がっている。

市蔵の言葉通り、最も日当たりのよい場所にある田畑は二町歩、六千坪くらいの広さはあるだろう。高さ一メートルほどのイノシシ避けのワイヤーメッシュのフェンスで囲まれている。

少し先で道が二手に分かれていた。前回は左の山道を軽トラックで上がっていったので、右に曲がってみた。この道が田畑の入口につながっているようだ。道の右側には錆びたフェンスが続いている。フェンスの支柱は竹で、太めの針金で縛られていた。ここまで歩いてきたが、途中、人にも車にも出合わなかった。閑かで、野鳥の声だけが聞こえていた。

左側の土地は耕作放棄地のようでもあった。生い茂った草が枯れ、その奥に大きな檻《おり》のようなものが置かれている。イノシシ用の箱罠だ。近くに民家が建っている、こんなところにもイノシシは現れるということだ。田畑がフェンスで囲まれているのも大げさな話ではないと理解できた。

歩いている道のフェンスの右手、斜面の下は、刈り取られた稲の根だけを残した田んぼだ。なぜかその真ん中辺りが焼け焦げていた。焚き火の跡にしては、かなり広い範囲が黒くなっている。そもそも田んぼのなかで火を燃やしたりすること自体奇妙に映ったが、理由はわからなかった。

少し先に、二方向へ向いた扉があった。扉といっても、真ん中に鉄パイプを通し、観音開きになるよう竹の支柱で支えられた同じワイヤーメッシュのフェンスに過ぎない。開かないように、ぼろ布のようなもので縛り付けられていた。それは刺繡《ししゅう》が施されたゴワゴワとした布だった。

なにかと思えば、畳の縁《へり》の部分だ。

それらを見て、この集落の人たちが、あるものを生かすことに長けている印象を受けた。ワイヤーフェンスの支柱の竹は、近くの山から。扉を縛る紐は、使わなくなった古い畳の縁を利用しているのだ。

残念ながらそこから先、田畑の広がる場所へは、イノシシ同様、文哉は入れなかった。

田んぼに沿って張り巡らされた水路には、水が流れていない。おそらくこの田畑は、集落で管理しているのだろう。

土がむき出しになった近くの畑には網目状の薄い布で被覆されたトンネルが並んでいた。

――なにを栽培してるんだろう？

首をのばしたが見えない。

遠く秩父《ちちぶ》の山並みをバックにした田園風景は、田舎の里山の見本のように映り、気持ちを和ませてくれた。春告鳥のウグイスの鳴き声が、景色を縁取る山のそこかしこから聞こえてくる。やわらかな春の光が分け隔てなく、あまねく大地に降り注いでいる。

そのとき強く文哉は思った。

——このなかに入ってみたい。

素朴な憧れがどうにも口元をゆるませた。

軽トラックにもどる途中、石垣の上の山際に建っている、二階建ての古い屋敷が目に留まった。漆喰《しっくい》らしき白壁の家の屋根には、養蚕《ようさん》の名残だと教えられた小さなやぐらのような高窓が三つ並んでいた。

——たぶんこの家だ。

文哉は家に続く坂道の前で立ち止まった。

側溝の脇に緑を見つけた。地際に張り付くように黄色い花が咲いている。

「これって、もしかして福寿草かな？」

文哉は声に出した。

そのとき、石垣の上の納屋らしき建物から一輪車を押して見覚えのあるおばあさんが現れた。

「こんにちは」

文哉は声をかけたが、気づかない。

もう一度大きな声で挨拶した。

「おや、だれだったかね？」

額にしわを寄せ、坂道の上から文哉を見下ろしている。

――やはり、イトさんだ。

文哉が去年の秋に会った際の話を持ち出したところ、すぐに思い出してくれた。

「そういやあ、あんときは世話になったな」

イトの表情がゆるんだ。

「いえいえ、こちらこそ」

「また来たんか？」

「ええ」

「なにしに来た？　市蔵さんとこかい？」

下りてきたイトは畑に出ようとしていたのか、一輪車には鍬《くわ》と鎌、紐を巻きつけた見慣れぬ道具を載せていた。

文哉は正直に事情を話し、青い屋根の空き家の内覧に来たことを告げた。

「あの家をかい？」

「ええ、売りに出てるのを偶然見つけまして」

「そうなん」

イトは目を見開くようにした。

「家のなかも入ったんかい?」

「ええ、拝見しましたよ」

「どうだった?」

「まあ、長いあいだ人が住んでいなかったようですからね」

文哉はわざと言葉を濁した。

「そんで?」

「おもしろいって言ったら変ですけど、なかなかない物件だとは思いました」

「あーね、あっこは昔はいい家だったんさ。庭に花がたくさん咲いてな。そりゃあ見事なもんだった」

「そうですか」

「そういやあ、あんた、たしかゲンスケさんとこの人だいね?」

イトは思い出したように唐突に口にした。

「ゲンスケさん?」

そういえば、前に会った際も同じことを言われた。

文哉が南房総から来たと話したところ、「なら、ゲンスケさんとこの、あっこの人かい」と弾んだ声でイトが言ったのだ。

聞けば、イトの言う「ゲンスケ」は、歴史に名を残した人物のことだった。

「ほら、なんだ、『忠臣蔵』さ」

イトはしわだらけの口をすぼめた。

「え？」

「赤穂浪士《あこうろうし》の討ち入り、知ってるだいね？」

「あ、はい」

文哉はうなずいた。

イトの話によれば、元助《げんすけ》とは、元禄《げんろく》十五（一七〇二）年、十二月十四日深夜に主君・浅野内匠頭長矩《あさのたくみのかみながのり》の仇《かたき》である吉良上野介義央《きらこうずけのすけよしひさ》の屋敷に討ち入りし、主君の無念を晴らした元赤穂藩士四十七人の武士、赤穂義士・片岡源五右衛門《かたおかげんごえもん》の下僕だった人物である。

その歴史的大事件後、元助はこの近くの故郷の村にもどり、浅野長矩夫妻と四十七義士の霊を弔うために、二十年の歳月をかけて四十七体の石像を彫った。その遺跡が今も残っている、という話だった。

「でもその人が、なんでおれと？」

文哉は首をひねった。

「だからよ、元助さんはそれから旅に出て、諸国をまわって、たどり着いたのが千葉の南、たしか、和田《わだ》ってとこさ」

「ええ、南房総の、わかります。クジラ漁をしている漁港があるとこですよね」

「元助さんはな、そこの村の人のことを思って、岩の洞穴のなかで断食をして念仏を唱えながら亡くなったって話さ。それで今、そっちの人らとこっちの人は交流があるんさ」

「――なるほど」

文哉はようやく理解した。

「元助さんとこの人なら、おらも安心さ」

偶然にもこの土地は、南房総とつながっていたのだ。

まだ空き家を買うと決めたわけではなかったが、イトの言葉はうれしかった。そして思いがけないつながりに、運命じゃないのか、とさえ思った。

「で、いつから来るん?」

イトの声は明るかった。

「あそこは気に入ったんですが、自分以外にも買いたい人がいるそうなんで、まだわからないです」

「あの空き家をかい?」

イトは呆《あき》れ声を漏らし、首をすくめてみせた。

16

南房総に帰った文哉は、青い屋根の空き家の購入を正式に申し込むことに決めた。暮らすにはたしかにむずかしい環境だ。

でも、滅多にないチャンスだ。

市蔵に言われた、「人はだれでもよ、自分が住みてえとこに住んでいいんさ。そういうもんさ」という言葉は、あたりまえなようで、実現できない人がほとんどのような気がした。

家族、仕事、人間関係、「普通」とされる生活水準、さまざまなしがらみに知らず知らずのうちに選択肢を奪われてしまう。けれど、就職した会社を一ヶ月で辞めた文哉は、さまざまなしがらみを手放した経験があるともいえた。

そして、それでも案外生きていけることを体験し、また、それらを犠牲にしたとしても自分らしくありたいと思った。いや、犠牲にするのではなく、距離を置けばいいことだ。どんなに辛《つら》いことがあったとしても、人は、すべてを失うことなどない。失うことなど、できないのだ。

イトから聞いた元助の話は、心に響いた。

あの日、文哉は近くにあるという岩戸山《いわとさん》に立ち寄った。こんな何もないところに本当にあるのだろうか、と思いながら山道を進んだ。途中だれにも会わず、ようやくその場所にたどり着いた。

木漏れ日の差す崖の下に、元助が供養のために二十年の歳月をかけて建立した赤穂義士四十七士石像が整然と並んでいた。だれにも愛《め》でられることなく人知れず山奥に咲く花のごとく、ひっそりと、それでいて凜としていた。

あたりは静けさに満ちていた。

お金のためではなく、世話になった人のために半生を懸けて石を彫り続けた元助の行為もまた立派な仕事なのだと思えた。

元助の真似《まね》はできなくても、父や幸吉がやりたかったこと、目指していた夢に沿う生き方が少しでもできれば――。

文哉は頭を深く垂れ、両手を合わせた。

「元助さんとこの人なら、おらも安心さ」

というイトの言葉の本当の意味を理解できた気がした。

不動産会社の関口の話では、文哉より前に購入を申し出た人物が存在するらしい。その話は値段のつり上げなどのブラフ、つまりハッタリではないかと勘ぐったが、購入の申し込みをメールでする際、一度メールで打診した売値の割引は求めず、二百三十万円で合意する意向をつけ加えた。

関口からの返事には、「買主については、売主の判断によって決まることをご了承ください」とあった。

最早《もはや》、運を天に任せるしかない。

社会的信用からすれば、若い文哉よりも、年輩の購入希望者に分がありそうだ。なんでもっと早く買う意思を示さなかったのか、今になって後悔した。

でも、ふと思った。

あきらめるのはまだ早い。

あの青い屋根の空き家の仲介をしているのは、不動産会社であり、担当は関口だ。しかし関口からの返事にもあったように、買主を決定する権利は、当然ながら売主にある。

売主と直接交渉することはむずかしい。

仲介役の関口だけが頼りだ。

——なにか自分にできないだろうか。

文哉は考えた末に、もう一度メールを送ることにした。

関口　様

お世話になります。

先日、購入の申し込みをした上閑沢の物件ですが、自分としてはとても気に入っています。売主さんの判断で決まるとのこと、それはそれで納得しています。売主さんにとって、購入を希望する者が、どこのどんな人間かもわからなければ、不安もあるでしょう。そこで少し自己紹介をさせてもらい、売主の方にお伝え願えればと思った次第です。

私は南房総で田舎暮らしをしていた父の遺志を継ぎ、若輩ながら別荘の管理会社を経営しています。しかし南房総では台風の甚大な被害に遭うと共にコロナ禍により、なかなか動きがとれない状況に陥りました。そんな暮らしのなかで芽生えたのが、自然豊かな場所に自分の土地を持ち、農業をしながら自給自足的な暮らしを目指したい、という思いです。

南房総で農地を探しましたが、思うような物件は見つかりませんでした。遠く離れていますが、上閑沢の空き家に偶然出会った次第です。

私は農業に興味があり、南房総で借りた休耕地を再生し、トマトやキュウリやナスを育てていました。陸稲《おかぼ》の栽培にもチャレンジしました。南房総で農家物件を探していたのは、ビワ栽培に興味があったからです。今回、畑付きの物件が果樹園だったことも、なにか縁があるように感じました。

これまで私なりに努力し、南房総で暮らしてきたつもりです。ご先祖様から受け継いだ畑を私に引き継がせていただければ、大切に使わせていただきます。また、地域のために少しでも貢献できればと思っています。

もちろん、私より適した買い手の方がいれば、今回は縁がなかったとあきらめます。後悔したくなかったので、お伝えさせていただきました。

これらのことをぜひ売主さんにお伝えください。

長文失礼しました。

どうぞよろしくお願いします。

緒方文哉

文哉はメールの送信ボタンをクリックし、小さくため息をついた。

ノートパソコンの電源を切ると、庭に出た。

もし、これでだめなら——。

夕陽に照らされた海を眺めながら覚悟を決めた。

――あきらめよう。

17

その日の朝、文哉は管理している別荘の見まわりに向かった。

契約別荘の軒数は、今はわずか七軒。台風による被災前と比べて半減してしまった。コロナの影響もあり、管理費を受け取っている七軒の契約者がここを訪れる回数はかなり減っている。こちらで暮らしはじめた当初から、なにかと世話になっている寺島《てらしま》もそんなひとりだ。

坂の途中にある寺島邸の前で文哉は立ち止まり、未だにブルーシートを被ったままの屋根を見上げた。

テラさんこと、寺島から去年の十一月に聞いた話では、屋根に大きな被害をこうむった屋敷の柱がシロアリにやられていて、業者からは再建築を勧められたそうだ。

その後、動きはない。

会社設立の際、寺島と共に力を貸してくれた、長期入院中の永井《ながい》さんにしても同じだ。この界隈で一番の立地に建つ別荘の所有者で、すでに邸《やしき》の修繕は終わっているが、年始に賀状が送られてきたものの、その後音沙汰がない。高齢である二人が、コロナ禍のせいで貴重な人生の時間を無為に過ごしているような気がしてならない。

別荘の見まわりを済ませた文哉の足は坂道の先、海へと向かった。

群馬から帰って以来、凪子にまだ会っていなかった。姉の宏美がはじめ、文哉が引き継いだかっこうの雑貨店「あんでんかんでん」の店番にも凪子は顔を見せなかった。もしかしたら、空き家の内覧に行っているあいだに来たのかもしれない。

文哉は、凪子がひとりで暮らしている海っぷちの家には行かず、家の前の砂浜に下り立った。今朝は風が少し強い。足もとの砂粒がきらきらと生き物のように地表を移動していく。沖を眺めると青い海原に時折白い波頭が立っている。

潮の香りを鼻孔から胸いっぱいに吸い込んだ。

しばらくして、人影が浜に下りてきた。

――凪子だ。

彼女を待っていた文哉だったが、気づかぬふりをしていた。でも途中で待ちきれなくなり、振り返った。

髪の毛を風に揺らしながら近づいてくる。紺のジャージの上下にサンダル、色気のないかっこうをしている。わざとかもしれない。

顔には笑みはない。

その表情に思わず文哉の口元がゆるむ。

ふたりの影が重なったとき、凪子はその場にしゃがみこんだ。

「おはよ」

文哉が声をかけたが、返事はない。

「どこに行ってたの？」

凪子の声が波の音と重なって聞こえた。

「もう一度見に行ってきた」

文哉もしゃがみ、凪子に笑いかけた。

「どうして黙って行った？」

「え？」

「行きたかった、私も」

凪子は目を合わせなかった。

言い訳を考える文哉に、「私って、邪魔になるのかな？」と凪子の声が迫った。

「そんなことないさ。今回、最終的な判断をしようと思って、じっくり見ておきたかったんだ」

「ふうん」

凪子はさも関心なげに鼻を鳴らしたが、怒っているのは明らかだ。

文哉は少し可笑《おか》しかった。

でも、うれしくもあった。凪子が感情を表に出すのは、これまであまり見られなかったからだ。

「市蔵さんにも会って、いろいろと話を聞いてきた」

「どんな?」

「うん、いろいろとね」

文哉は今話すことを避けた。

ぎこちない沈黙のあと、「それで?」と凪子が問いかけた。

「おれとしては、あそこが気に入ってる。いろいろと課題はありそうだけどね」

「買うの?」

「買えれば」

「買えないかもしれないの?」

「おれより先に、買いたい人がいたみたいなんだ」

「そうなの?」

急に不安そうな声色になった。

「てっきり、あの家を買う人なんて、おれ以外いないと思ってたんだけど」

「それって、早い者勝ちってこと?」

凪子の言い方が可笑しくて、文哉は彼女の頭をかるく撫《な》でた。

「なに笑ってんの？」

「いや、そうじゃなくて」

文哉はごまかしてから、立ち上がった。

「逢瀬崎《おうせざき》まで歩く？」

凪子が言った。

「だれかが見てるかも」

「見てるとまずい？」

凪子は先に歩き出した。

「おれはいいけど」

「私もいいけど」

文哉は手にしていたサザエのフタを海に向かって投げ、あとに続いた。

以前、近所に住む元町内会長の中瀬《なかせ》から言われたことを思いだした。文哉が凪子と朝の砂浜を歩いているのを奥さんが見かけたらしい。凪子はもうひとつ頼りないから、気をつけてやってくれと。凪子は心配されていると同時に、特別な目を向けられていると感じた。彼女にとってそれは、あまりおもしろいことではないはずだ。

「買えるといいね」

前を歩く凪子が言った。

「そうだね、なんとかうまくいけば」

文哉は波打ち際についた自分よりひとまわり小さな足跡を踏みつけないように歩いた。その足跡を傷つけたら、願いが叶《かな》わなくなる、とでもいうように。

華奢なからだのくびれや、まるみを帯びたかたちのよい尻に、どうしても目が向いてしまう。そんな自分に呆れながら視線を泳がせた。

「凪子はどう思った？」

文哉は名前で呼んで尋ねた。

「どうって？」

「あの空き家。っていうか、あの土地」

文哉は煩悩を振り払うように視線を沖に移した。

「――いいと思うよ」

少しためらってから凪子が答えた。

「いいって？」

「大変だとは思うけど、おもしろそうかも」

「そう？」

「うん」

「そういうのって大事だよね。おもしろがるってさ」

「うん」

「それに、自分でおもしろくしていかないとね」

「うん、そう思う」

凪子は同じ言葉をくり返したが、最後の返事には少し力がこもっていた。

「凪子はさ、あそこで暮らしてみたいとかって思うわけ？」

「文哉は？」

凪子が初めて呼び捨てにした。

「おれ？　できればね」

「──私も」

「でもいろいろとあるもんね。波江さんのこととか」

「おばあちゃんには言われたよ。私のことはかまうなって。そのために施設に入ったんだからって、叱られた」

「そうなんだ」

「こっちにはカズおじさんもいるし」

「まあ、そうだね。あいかわらず忙しそうだけど」

文哉は話しながら歩幅を大きくとり、凪子との距離を詰めていった。

磯の岩場が迫り、ひらけた砂浜が終わろうとしていた。

「──おっと」

文哉はジーンズのポケットで震えたスマホをとりだした。

凪子は岬の森の前で立ち止まった。

そこから口を開けている藪のなかの小径《こみち》を通り抜ければ、逢瀬崎に出ることができる。かつては、文哉の父、芳雄が、そして凪子の母、夕子が通った道でもあった。

「メールが来た」

「だれから？」

「ほら、空き家を案内してくれた不動産会社の」

「関口さん？」

「よく覚えてるね」

「なんて？」

「ちょっと、待って」

文哉は太陽の光で見えにくい画面に右手で覆いをつくった。

凪子が側《そば》に来てのぞきこんだ。黒髪からいいにおいがした。

「え？　──マジか」

「なんだって？」

「やったよ！」

文哉は右手の拳を突き上げた。

「いいか、読むよ」

「うん」

「緒方文哉様。お世話になります。上閑沢の件、売主と相談した結果、別の購入希望者には事情を説明してご理解いただきました。緒方様との契約締結に向け、話を進めていきたいと存じます。よろしくお願いします」

「よかったね！」

凪子の声が弾んだ。

「うん、やったよ！」

文哉は両手を広げ、凪子を抱き寄せた。

「それまずいって」

「やった！」

「だれかに見られるよ」

最初はそう言ってからだをよじった凪子だったが、文哉の腕のなかで白い歯を見せ、自分のからだを預けた。凪子の薄い胸板を通して、からだのぬくもりが伝わってくる。

一緒に空を見上げたとき、ふたりを祝福するように、輪を描きながら岬の上を飛ぶトンビが「ピーヒョロロロ」とタイミングよく鳴いた。

文哉の腕からするりと抜け出した凪子が、森のトンネルの奥へと走り出した。

「おい、待って!」

文哉はあわてて追いかけていった。

18

「それで、どうするつもりだ?」

和海は卓袱台《ちゃぶだい》の前であぐらをかいた。

「正直、家はそのまま住める状態ではありません。畑もかなり手を入れる必要がありそうです」

「そりゃあ、値段が値段だからな」

和海は二度うなずいた。

「かなりむずかしいとは思います。自分にできるかどうか」

文哉は弱気な言葉を口にした。

「まだ迷ってんのか?」

「いえ、決めました」

文哉は背筋をのばした。「こんなチャンス、なかなかないと思うんです。それに、なんていうか、不思議なめぐり合わせのような気がして」

「二百三十万円って話だよな？」

「ええ、そうだったんですが、ここに来てなぜか先方から二百万でいいと。ただし、現状のままでの引渡しで、改めての境界確定とかは行わないってことでした」

関口からのメールには、「古い建物であり、引渡し後の契約不適合（以前の瑕疵《かし》担保）免責にてお願い致します」とあった。

「じゃあ、三十万円も下げてくれたのか」

「おれも意外でした」

和海はうなずいてから言った。「でもおまえ、二百万、用意できんのか？」

「ローンを組もうかと思ったんですけど、ダメでした」

「え？　曲がりなりにも会社やってんだろ。社長でもダメなわけ？」

「かえって、毎月給料がもらえるサラリーマンのほうが、信用が高いと言われました。まだウチの会社には実績がないですからね」

「いくら足りないんだ？」

「――百万円」

「おい、半分も足りねえのか？」

和海は上半身をのけぞらせた。

「この家を担保に借りる手はあるかもしれませんが」

「で？」

「先日、テラさんから連絡があったんです」

文哉がその電話で、空き家購入の件を話したところ、別荘が使えない状態の寺島が「だったら、南房総の家を私に使わせてほしい」と言い出したのだ。そこから話は早かった。

「ほー、そうかい」

「一年契約で、月八万円でどうだと」

「それって、一軒家にしては安くねえか？」

「いえ、一部屋の貸し賃です。おれ、まだ向こうに移住すると決めたわけではないですし、姉貴がひょっこりもどってくると厄介なんで」

「なんか妙な話だが、そうか、それはよかったな」

「前金で一年分、九十六万円払ってくれるそうなんで、なんとかなりそうです」

「そうか、おれの出る幕はなさそうだな」

「いえ、とんでもないです。これからもカズさんには、こっちのことで世話になるんですから」

「まあ、残りの四万円は、おれが祝儀として払ってやる」

「いえ、いいですって」

「よかねえ」

和海はすっくと立ち上がり、台所に向かった。

「なんだよ、ビール冷えてないのか？」

「すみません、買い置きしてなくて」

「冷蔵庫、空っぽじゃねえかよ。しょうがねえな」

和海は小さく舌を鳴らした。

「で、凪子はなんて？」

「たぶんおれ以上に、むずかしい環境だと思ってるはずです」

「──そうか」

和海はしばし沈黙してから口を開いた。

「ところでおまえら、一緒に暮らす気あんのか？」

文哉は少し間を置いてから答えた。

「それって、結婚という意味ですか？」

「まあ、そういうことにもなるだろ」

「そういう話はまだしたことがありません」

「え？　そうなの？」

和海は渋い表情で首の後ろを揉《も》んだ。

「ええ」

「でもおまえら、つき合ってんだよな?」

「まあ」

「まあって、おまえ……」

「仲はいいですよ。一緒にいて落ち着くし、最近はお互いあまり気も遣わなくなりました」

「おれは結婚したことねえから、えらそうなこと言えねえけど……」

「同棲《どうせい》はあるんですか?」

「——昔、東京でな」

和海は目を伏せた。

「そうだったんですね」

「なに言わせてんだ」

和海は顔を上げた。幸吉の家の火事の際、消火活動にあたって焼けた眉毛はすでに生えそろっていた。

「おれのことはどうでもいいんだよ。問題はおまえらだ」

「はい」

「じゃあ、あれか？　とりあえず一緒に暮らすって話か？」

「こっちの別荘管理の仕事やこの家のこともありますし、空き家を買うとしてもすぐに一緒に暮らすのはむずかしいかと思います。施設に入ったとはいえ、波江さんのこともあるでしょうから」

「おふくろは、おれがなんとかする。それに、文哉のこっちの仕事はおれが引き受けてもいい。ただ、会社は続けろ」

「でも、それじゃあ……」

「おれも別荘管理という決まった仕事ができれば助かる。おまえは、その分おれに給料払えばいいんだ」

「それはありがたいです」

「でも、おまえはどうやって稼ぐつもりだ？」

「畑付きといっても一反しかありませんから、それでどれだけ稼げるのか正直わかりません。現状は梅畑だし、やり方を覚える必要もありますし、むしろ向こうではお金を稼ぐというより、自給自足的な暮らしができればと思っています」

「とはいえ、金は必ず必要になるぞ」

「そうですね。それはたしかに」

「で、凪子はどうすんだ？」

和海は立ち上がり、台所でコップに水をくんできた。

「彼女は、『だいじょうぶ』って言ってましたけど、今の空き家の状態では向こうには連れて行けないと思うんです。人が住めるような環境ではないので」

「おれが手伝ってやろうか？」

「いえ、そこは自分でやりたいんです」

「──そうか」

和海はコップの水を口に含んだ。

「家の状態だけじゃないんです。向こうは山が近いんで、獣なんかもかなり多いようで。それを考えると少し様子を見たほうがいいような気もして」

「なるほどな。住んでみないとわからないこともあるからな」

和海は仕方なさそうに小さくうなずいた。

「で、凪子は納得したのか？」

「怒ってました」

「へっ」

和海は噴き出すと、洟《はな》をすすった。

「あいつも変わったよな。そうか、おまえに対して怒ったか。いや、凪子だけじゃねえ。文哉、おまえもな」

「――そうかもしれません」

「テラさんがこの家を借りるのか。そうなると、おれも来にくくなるな」

和海はしんみりとした口調になった。

「そんなことないでしょ。カズさんが顔を出せば喜びますよ。あの人は人が好きですから。それにテラさんなら、きっと冷蔵庫に缶ビールは欠かさないと思いますよ」

「お、そいつは、いいな」

和海は笑ってうなずいた。

19

空き家購入に向け、仲介する不動産会社に前金を支払い、畑取得のために農地法三条許可申請を行った。

申請にあたって必要となる「営農計画書」には、経営方針の概要や農業経験年数、取得農地利用計画などの記入が求められた。また、経営成果（農業所得等）には、年間の金額を入れる欄があり、後継者の状況についての欄まである。

とりあえず現状の梅畑を生かすことにして、取得農地利用計画の作目構成には「梅」とだけ書いた。とはいえ、あの梅畑で年間いくらぐらいの成果を得られるのか金額に表すことは文哉にはむずかしかった。

そもそもあの梅畑でどれだけの梅が収穫できるのか。梅がキロあたりいくらで取引されているのかも知らない。文哉は自分で果実としての梅を買ったことすらない。梅を口にする機会は、おにぎりに入った梅干しを食べるときぐらいだ。

作目とする「梅」について学ぶ必要があった。

それでも「営農計画書」については、インターネットで情報を集め、関口からアドバイスをもらいなんとか書き上げた。


四月に入って、不動産売買契約の日取りが決まった。文哉は購入する空き家から近い市街に宿を予約し、一泊二日の予定で現地へ向かった。

契約の前日に現地入りしたのは、あの空き家までの狭い道のことが気になっていたからだ。不動産会社によれば市道との話だった。それにしては狭いし、途中から未舗装なのも疑問に感じた。家との接道は生活する上でとても大切になってくる。

空き家に付いている梅畑の向かいにも、問題の道を挟んで畑があった。同じく梅畑のようだった。持ち主がだれかわからない。その畑の梅の枝が道にまでのび放題で、軽トラックのボディを擦った結果、傷だらけになってしまった。

自分の畑の枝は切ればすむ話だ。しかし他人の畑となるとそう簡単にはいかない。

しかも梅には実が付いている。

まずは市役所を訪ね、土木課の窓口に向かった。節電のため明かりを落とした薄暗い庁舎で対応してくれたのは、文哉と同世代の担当者だった。市内の空き家の購入を検討していることを伝え、物件の接道について尋ねてみた。

問われるままに文哉が住所を答えると、担当者はパソコンの画面に向かって調べてくれた。該当する道路については市道であり、図面上では道幅は一・五メートルとの記載があるとのこと。

道幅はかなり狭いが市道と確認でき、ほっとした。

続いて文哉は、建築基準法における道路の種別を尋ねた。建築基準法では、敷地に『道路』が二メートル以上接していなければ建築物を建てることができないからだ。しかし、道路の種別によっては可能になる。建築基準法が制定される以前の道路も存在するからだ。関口の話では、再建築は可能だということだった。

「その件でしたら、隣の建築課でお尋ねください」

文哉は腰を上げかけたが、道が途中から未舗装である件を口にしてみた。

すると、「市道の補修を望むのであれば、区長を通してください」と言われてしまった。

「区長さんですか？」

引っ越し前の文哉には、区長との面識がない。区長からしか役所に頼めない、という仕組みについては理解に苦しんだ。

若い担当者は、現況によっては道路の補修を実施する場合はあるが、補修するための資材だけを提供するケースもある、と説明した。ただし、いずれにしても区長からの請願が必要になるとのこと。

村社会の名残なのか、こちらではあたりまえの流れのようで、担当者は淡々と説明した。そして、この道はたしかに市道であるが、この先には文哉が購入を検討している空き家が一軒しかない。その家のためだけに道路の補修を市が行うのはむずかしいと言われてしまった。

なぜなら道路の補修には優先順位があり、特定の個人のためだけに予算は使えない、という意味の説明を受けた。

特定の個人というが、市民は市民のはずだ。

さもあたりまえのことのように言われ、自分が尋ねている件が、なにかわがままのようにも思えてきた。

「じゃあ、その道を自分で補修してもいいんですか？　たとえば未舗装の部分にバラスを敷くとか」

文哉は尋ねた。

「許可する場合もありますが、市道ですから、勝手に手を入れるのはやめてください」

どうやらそれにも申請と許可が必要らしい。

文哉は話を変え、買おうとする空き家までの道沿いには、他人の畑があり、その梅の枝が道にのびている状況を話してみた。

「お困りでしたら、畑の持ち主と直接話し合ってください」

担当者は言った。

「持ち主がだれかわかりません」

「でしたら、法務局で調べることができます」

「金を払って自分で調べろと?」

「調べろとは言ってません。必要であれば、個人で調べてくださいと言ったまでです」

杓子定規《しゃくしじょうぎ》な返答に、文哉は違和感を持った。まるで他人事のような対応にも感じた。

「そもそも梅の枝が飛び出しているのは、市の道なんですけど?」

文哉は疑問を投げかけた。

しかし担当者は、道路にのびた梅の枝は個人の財産であり、当事者同士で解決するものという認識を示した。なにも困らない市は、当事者ではないらしい。

「役所はなにも動いてくれない、ということですか？」

文哉は首をひねった。

「請願に対して問題があると判断すれば、その相手先に道路に出ている梅の枝を切るよう、手紙を出すくらいはできるかと思います」

「手紙を出す？」

「ええ、勧告する以上のことはむずかしいでしょう」

「それも区長を通せと言うんですね？」

文哉はため息を殺して席を立った。

印象としては、いきなり来てもらっても迷惑で、とにかく区長を通してくれということのようだった。居住者の少ない地域の市道の管理など期待しないでほしい、と言わんばかりだ。

縁もゆかりもない土地でこれから暮らしていこうかという、文哉の不安を察してくれてはいない。マニュアル通りの受け答えなのかもしれなかったが、正直がっかりした。

原因は、担当者が同世代だったからだ。老いた役人から言われたのなら、あきらめもついたかもしれない。時代が変わるしかないのだと。

文哉は今は市民ではない。だが、市民になるかもしれない者に対して、親身になって相談に乗ってくれているとは思えなかった。これでは過疎化している地域に、移住者を呼び込もうとしても無理がある。

土地の言葉遣いがキツく感じたとかではない。担当者は、ほぼ標準語で話していた。なんとなくではあるが、よそ者扱いされている気がした。ここではあなたの考えは通用しないと。こちらで接した人に、こんな感情を抱いたのは初めてで、それが市役所だったことが気持ちを萎えさせた。

契約の前日に、文哉は思い知らされた気がした。

――ここは、田舎なのだと。

隣の建築課では、中年の担当者が道路の種別を調べてくれた。再建築する場合の要件などをまとめた書類を頼まなくても用意してくれ、丁寧な対応だった。

帰る際、薄暗い庁舎の廊下を歩きながら、市の財政が逼迫《ひっぱく》している雰囲気を感じてしまい、さらに不安になった。

夜、宿の布団のなかで文哉はなかなか寝付けなかった。

役所でのやりとりを思い出していた。もし、隣の畑の持ち主が意地のわるい人物だったら。

今日見かけた道路に設置されたごみ箱にごみを捨てることさえ許されなかったら。

地域によっては自治会の承認がなければごみ出しすらできない、なんて話も聞いたことがある。

やりたいことができず、不自由な思いをするくらいなら、ここに家と畑を持つことにどんな意味があるのだろう。

暗闇に目を凝らし、何度も寝返りを打った。

――正式な契約はまだしていない。

――考え直すなら、今しかない。

布団のなかで悩み続け、夜が明けるのをじっと待った。

20

翌朝、簡単な朝食をすませると高崎の不動産会社へ向かわず、ある場所へ向かった。

それは、昨日訪れた市役所だった。

不動産の売買契約を結ぶ時間まで、あと二時間。約束の場所までは五十分ほどかかる。

昨夜は、購入を断念しようとまで思ったが、正直まだ迷いがあった。

このまま契約の場に赴くのはよくない。市役所の受付で「空き家バンク」を担当する窓口を尋ねたところ、企画政策部移住係は、ここではなく別の庁舎にあると言われた。十キロも離れているという。

「――そうですか」

文哉はあきらめかけたが、地図をもらった。

凪子の顔がそのとき脳裏に浮かんだ。

あの空き家を買えると決まった日、砂浜で凪子と初めて抱き合った。凪子もとても喜んでいた。このまま安易に、あきらめるべきではない。

文哉は軽トラックのエンジンをかけ、走り出した。碓氷川《うすいがわ》沿いにのびる国道18号線を進む運転席からは、ギザギザの山、日本三大奇景のひとつとされる妙義山が見えていた。市の外れにある、市に合併される以前の町の庁舎に着いた。

移住係の窓口で「空き家バンク」に登録されている物件の購入を検討していることを伝えた。対応してくれたのは、文哉より少し年上の担当者だった。

移住希望者の対応に慣れているらしく、口調が明るく、話しやすかった。

頃合いをみて、昨日、本庁の土木課で言われたことを文哉はそのまま話してみた。それがその通りであるならば、空き家を買うのはあきらめるつもりだった。

話の途中、担当者は席を立ち上がる勢いで、「それはおかしい」と口にした。

「え？」

「なんでそんなことを」

本気で憤っている様子だ。

自分の戸惑いを正直に伝えたところ、「ちょっと待ってください」と言って席を立ち、別部署に移動し、年輩の上司らしき人物と立ち話をはじめた。

なにを話していたのかはわからない。ただ、話しぶりはやけに熱く、気圧《けお》されるように上司らしき人物が時折相づちを打っていた。

席にもどった担当者は、文哉が気になっていることについて耳を傾けてくれた。自分の意見を口にし、自分の言葉で丁寧に説明してくれた。時折、土地の訛《なま》りが出たが、理解に苦しむことはなく、かえって親しみを覚えたくらいだ。

文哉が契約を前にしている物件については、仲介する不動産会社の関口の名前を挙げ、信頼できる業者だと話してくれた。移住に関する支援制度についても説明し、資料をくれた。

文哉は時間が気になっていた。

最後に、「正義感を持って職務にあたっている人間もここにはいますから」と彼は少し悔しそうに口にした。

「正義」という言葉を人の口から耳にするのはひさしぶりだった。真面目でなければなかなか口にはできない言葉のような気がした。

部署が変わると、ここまで対応が変わるものなのかとも感じたが、気づけたことがあった。それは、どんな組織でも、だれかひとりを見て、この組織はこうだと決めつけるべきではない、ということ。同じ組織であっても、人との接し方や説明は人によって変わってくる場合もあるのだ。

そしてもうひとつは、自分のどこかに、こんな田舎の空き家を買って暮らすのだから、歓迎してくれるだろう、という甘えや驕《おご》りがあったことだ。

自分が望んでいるのは、田舎での自立だ。

他人や行政を頼りにばかりしていて叶うものではない。

「なにか困ったことがあれば、いつでも連絡してください」

担当者が渡してくれた名刺には、移住係主査とあった。

庁舎の玄関まで見送ってくれ、「ぜひ、上閑沢に来てください」と笑顔で言ってくれた。

文哉の気分は晴れていた。

軽トラックを駐車場に停めたときには気づかなかったけれど、妙義山が間近に大きく見えた。

――いい人に出会えた。

人と人とのふれあいは、時にはめんどうくさくもあるが、思わぬことを気づかせてくれる。

運転席に乗り込んで時計を見た。高崎での不動産売買契約の時間まで、すでに三十分を切っていた。

約束の時間に文哉は遅刻した。

契約の場で待っていたのは不動産会社の関口だけで、売主の姿はなかった。

――やらかしてしまったか。

一瞬立ちすくんだ文哉だったが、関口によれば売主は都合がわるくなり、昨日、手続きを先にすませたとのこと。理由を口にしなかったが、かなり高齢者らしい。その際、「村に新しい若い血が入るのはわるいことじゃない」と言っていたそうだ。

ともかく文哉は安堵《あんど》し、無事に不動産売買契約を結んだ。

農業委員会による畑取得のための審査に通り次第受け渡し、との話だった。

21

南房総に帰った文哉は、凪子と和海に事の成り行きを報告した。

和海は腕を組んだまま小さくうなずき、凪子はほっとした表情を見せた。

そして、家の賃貸に関して寺島と打合せをした。寺島には、芳雄が書斎として使っていた部屋を貸すことにした。その部屋だけでなく、台所や居間も自由に使ってほしいと伝えた。

「今流行のシェアハウスみたいなもんだね」

薄くなった髪を撫でつけながら笑った寺島の声は弾んでいた。

寺島からは、彼にとっての生活必需品、例えば大型の冷蔵庫や冷凍庫、乾燥機能付き全自動洗濯機、スチームオーブンレンジなどの持ち込みを希望された。

「文哉君も自由に使ってくれていいからさ。だいいち、向こうの家だっていろいろと入り用だろ」

「それは助かります」

恐縮しつつ文哉は甘えることにした。

光熱費については、お互い使った分を支払うという大雑把な話でまとまった。

雑貨店の「あんでんかんでん」は引き続き営業し、店番として凪子が担当することを伝えた。

「この家は、店の客というより、地元の人が顔を見せるかと思いますが、よろしくお願いします」

「ああ、その点なら問題ない」

寺島は笑顔でうなずき、鷹揚に構えた。

打合せの終わりに約束通り、寺島は部屋の一年分の賃貸料金をその場で支払ってくれた。

「助かります。ありがとうございます」

封筒を受け取った文哉は深く頭を下げた。

「こちらとしても助かるよ。別荘が使えないもんだから、これまでは様子を見にくる度にホテルに滞在しては散財してきたから」

「ぜひ、山の家にも遊びに来てください」

「軽井沢に近いんだってね。楽しみにしてるよ」

「こっちでまた、元気に大物の魚を釣ってください」

「そうだな、文哉君のおかげで、ようやくボートを出す気になってきたよ。ブリを狙うよ」

家の合鍵を受け取った寺島が右手を差し出した。

文哉はその手を強く握り返した。

22

四月中旬、不動産会社の関口から農地法三条許可が下りたという連絡が入った。

文哉は再び南房総を離れた。軽トラックの荷台には、父が使っていたデスクや小型冷蔵庫、掃除機、草刈り機やチェーンソー、衣類、DIYの道具といった家財を載せていた。

高崎の関口の事務所で残金を支払い、登記を済ませる手続きを完了した。その際、家の保険やリフォームの話が出たが、丁重にお断りした。一度も会うことのなかった売主がなぜ文哉に、しかも値引きまでして売ってくれたのか、ということを聞くのは忘れた。

その足で文哉は自分が選んだ土地へ向かった。

車だらけの市街地を抜け、人の姿のない緑濃くなるあたりまで来たとき、文哉の胸に熱い思いがこみ上げてきた。

「よっしゃ！」

思わずハンドルをポンと叩いた。

遠く連なる山並みを眺めながら口元がゆるむ。

まさか二十代で自分の家が持てるとは。

中古の空き家で、二百万円の価格とはいえ、家は家だ。

「おれの家だ！」

文哉は声に出した。

生活の基盤とされる「衣食住」。そのひとつ、なかでも最もハードルが高そうな「住居」を、手にしたのだ。

「しかも畑付きだし！」

「食」の一部を賄える念願の畑が地続きで付いている。

今思えば、父、芳雄が亡くなったあと、その場しのぎのために父が遺した南房総の家を売ってしまっていたら——。

文哉は心底ぞっとした。

——自分の人生はどうなっていただろう。

この地にたどり着くことはおそらくなかっただろう。

大学卒業後、就職した会社を早々に辞め、図らずも他人とは異なる選択をした経験が、今の幸運をもたらした気がする。

元カノである美晴《みはる》には、田舎に逃げたに過ぎない、と手紙で糾弾された。

楽な道を選んだだけだと。

だとしても、それがなんだというのだ。

自分の人生じゃないか。

自分のこれまでの行いは、まちがいなく今の自分につながっている。そして、これからもつながっていくはずだ。

「よっしゃ！」

文哉は開けた窓に右肘をかけ、もう一度叫んだ。

目的地が近づいたそのとき、前方の道端の緑の茂みになにかがいた。すっと首を立て、こちらを見ている。

「おっ、マジか！」

文哉は初めて野生のシカを見た。

道路に人の姿はないというのに、シカはいる。

自分が思う以上に、ここは山奥なのかもしれない。

でもそんなことは気にならなかった。

というより、自然豊かでなによりだ。

自分のものとなった、青い屋根の空き家に到着した文哉は、その日から屋内にテントを張り、ひとりで暮らしはじめた。

23

「おお、やっと火が点《つ》いた」

文哉は顔の前の煙を手で扇《あお》いだ。

庭で焚き火をしながら、夕飯の準備にとりかかった。

――こちらに滞在して一週間が過ぎた。

プロパンガスはまだ頼んでいない。よって、調理には主に焚き火とカセットコンロを使用している。

とはいえ焚き火による料理には慣れていない。湯を沸かしたり、熾火になってから網でなにかを焼いたりする程度にしか利用できていない。キャンプ場の多くで禁止されている直火で焚き火ができるというのに、じつにもったいない。

夕飯のおかずは、今朝、突然の訪問を受けたときにイトが持参してくれたワラビ。

「アクは抜いてあっから、うどんに入れたり、味噌汁のタネにすりゃあいい」とイトには言われたが、そのものの味を試したかった。なので、さっと湯がいて温め、醤油《しょうゆ》を垂らして口に運んだ。

「お、いいじゃん」

思わずつぶやく。

かすかなヌメリと共にワラビが喉を通る際、山の香りが鼻に抜ける。

子供の頃、父と一緒に山菜採りに出かけたことを思い出した。そのとき初めてワラビを採り、夕飯の際に食べた気がする。おいしかった印象はない。

春の苦みを楽しめる年齢に、文哉はようやくなったのかもしれない。

「──よし、炊けただろう」

どうしても独り言が多くなる。

文哉は焚き火に掛けた飯盒《はんごう》のフタを軍手で持ち上げた。

沸騰した湯のなかからつまみ上げたのは、「パックご飯」だ。こんな調子なので、山の生活に馴染《なじ》むにはまだまだ時間がかかりそうだ。

それでもひさしぶりの白いご飯にワラビ、紅色の二十日大根、インスタントの味噌汁の夕飯をじゅうぶんおいしく感じた。まちがいなく都会にはないものがある。絶え間なく聞こえる野鳥の声ひとつとっても──。

ようやく水道の水漏れを止めることができた。

この家に来た初日に、裏庭の地面にあるフタを開け、水道メーターの横にある赤いレバーを操作しバルブを開いた。水が使えるようになったのはいいが、庭の立水栓、屋内の水道二ヵ所の排水口から水漏れがした。多量ではなくポタポタ垂れる程度ではあるものの、放置しておくわけにはいかない。再びバルブを閉じて原因を調べた。見るからに古い蛇口の劣化が原因だと思い、まずは台所の蛇口のナットをゆるめて分解してみた。水漏れを防ぐコマパッキンと呼ばれる部品のゴムが摩耗してしまったようだ。調べたほかの蛇口もその部品に問題がありそうだ。

夕方近くになって、家から一番近くにあるホームセンターへ向かった。上閑沢の家から車で約十五分という比較的近い場所にある。

街中にあるその店の品揃《しなぞろ》えはかなり充実していた。蛇口のコマパッキンのほかに、燃えるごみ指定袋、噴霧式の殺虫剤、カセットコンロのガスボンベ三本セットなどをレジへ運んだ。

ホームセンターの隣には大型の食品スーパーが併設されている。ガソリン代をなるべく節約するために一週間分の食料品を購入した。「パックご飯」もそのひとつだ。

その帰り道、遠くに浅間山を望める畑の点在する道で、野菜直売所の看板を見つけ、小屋のような店に立ち寄った。店の棚にはなぜか商品が並んでおらず、人の姿もない。休みなのかと思ったら、裏から声が近づいてきた。

「今日はもう店じまいなんですよ」

顔立ちの整った白髪の女性だった。

「そうですか、野菜を買い忘れちゃったもんで」

「そうなん」

するとと女性は奥へ行き、袋を二つ手にしてきた。

「これ、持ってきな」

差し出したのは、紅色が鮮やかな二十日大根。

「おいくらですか？」

「──いいから」

「え？」

文哉はお金を払おうとしたが、「いいから持ってきな」と断られ、戸惑いつつ、結局ありがたく頂戴することにした。

その二十日大根は、収穫から時間が経って店の奥に下げた商品だったのかもしれない。たしかに葉は少々くたびれていた。しかし、根の部分はじゅうぶんに瑞々《みずみず》しかった。

応対してくれた店の人は、イトに似た気っぷのよい女性だった。偶然かもしれないが、この土地の人のよさを感じさせる出来事だった。

24

その夜、奇妙な音を聞いた。

そろそろ眠ろうと思い、八畳間に設営したテントの寝袋にもぐりこんだ午後十時半過ぎのことだ。

寝返りの動きを一瞬止めてしまうほど不思議な聞き覚えのない音がする。かん高く金属音のようでもある。まるでUFOが裏山に着陸でもしたような響きだ。

もちろん、そんなことはあり得ない。しかし、耳を澄ますまでもなく、はっきりと山のほうから聞こえてくる。

――ヒュ――ィ
――ヒュ――ィ
しばらくして、文哉はあることに気づいた。

その音は一ヵ所からしているのではなく、少なくとも二ヵ所、別の地点から聞こえてくる。時折、共鳴するように重なり合う。

呼び合っているのだ。

つまり、生き物の声だ。

叫びだ、と思い至った。

ただ、この世のものとは思えないほど哀《かな》しげで薄気味のわるい、初めて聞く声だった。

胸騒ぎがして、寝袋から這い出た。

ここへ来てから眠るときには、枕元にいつも愛用の鉈《なた》を置いている。いわば護身用で、気持ちが落ちつくのだ。その古い鉈は、南房総のビワ山に建っていた幸吉の家の土蔵で見つけ、もらい受けた品だ。

文哉は鉈を手づくりの鞘《さや》ごとつかんでテントから出た。

四月になっても、夜はかなり冷え込む。月明かりだけが頼りの外へ出てみる気にはなれず、声のする屋内の北側に足を向けた。

床が傾いている台所に立ち、注意深く耳を澄ますが、声の主に思い当たる生き物はいない。

もしかして、シカだろうか？

シカの鳴き声を実際に聞いたことがないから断定しがたいが、あんな金属音のような奇妙な声を発するとは思えなかった。

――ヒュ――ィ
――ヒュ――ィ

声は間隔を置いて続いている。
しばらくして、なにかの気配を感じた。
と、そのとき、間近で低い唸《うな》り声がした。
思わず一歩後ずさった。
――いる。
なにかが近くに……。
そいつは、奇妙な叫び声の主とはまったく別の生き物らしく、台所の窓の外にいる。
壁を挟んだ、すぐ向こう側だ。
――なんなんだ、ここは？
唸り声はまちがいなく威嚇《いかく》している。
まるでここから立ち去れ、と伝えに来たかのようだ。
凶暴な獣の唸り声だ。
だとしたら――。
また、唸っている。
まちがいない、なにかいる。
しかし、文哉はテントに引き返し、寝袋にもぐりこんだ。
まともに相手にできるとは思えなかった。

こんな気味のわるい場面に独りでいることがひどく心細かった。同時に、凪子が居合わさなくてよかった。問われても、どうにも説明がつかない。

もしかしたら自分は、この土地に歓迎されていないのだろうか?

――ヒュ――ィ

――ヒュ――ィ

まだあの声が続いている。

文哉はその夜、両手で鉈を握りしめながら眠りについた。

25

朝露の降りた庭に立ち、右手に立ちはだかるように空を隠す山の斜面を眺める。高くのびた杉が、まるで淡い紫色の花を咲かせているように見えるのは、幹に絡みついたツルが花を付けているからだ。大きく傾いでいる杉の大木にも紫色の花が咲いている。

その景色を文哉は美しいと思った。

野鳥がいつものように鳴いている。

朝と夜とではまったく雰囲気がちがう。

しかし、昨夜の出来事を思い出し、文哉はげんなりとした。あれは夢などではない。まちがいなく現実に起きたことだ。

頭痛がするのは、あまり眠れなかったせいかもしれない。

昨夜、唸り声が聞こえた場所、家の北側へ長靴を履いた足を向けた。土地の受け渡しの際、境界の詳しい説明を受けていないため、どこまでが自分の土地なのかよくわからない。建物から二メートルほど離れた地面が低くなっている。なにかの通り道のようにも映る。

だとすれば、この家は敷地内に獣道があるということになる。

──マジか。

文哉はつぶやき、台所、風呂場、納屋の裏の壁づたいに、その道を山のほうへ、たどっていった。

小径のような窪《くぼ》みは、たしかに山へと続いていた。こちらの斜面には杉ではなく、竹が生えている。それほど太くはないが、高いものは優に十メートル以上ある。家のすぐ近くまですらりとのびた青竹が数本迫っていた。

文哉は山のなかへはまだ分け入ったことがなかった。市蔵から聞いた話が記憶に新しい。何年か前にこの家の裏に仕掛けられたくくり罠に熊が掛かって騒ぎになったという。その際、見せてもらった写真の熊の姿が容易に脳裏に浮かぶ。

市蔵は、その少し前にも似たようなことがあったと言っていた。さらに、去年の秋、この山で気になるものを見かけたと口にした。それが杉の幹に残された熊の爪痕のようだった、とほのめかした。

今もこの山には熊がいるのだろうか。

ひょっとして昨夜の声は？

文哉は初めて思いあたり、ぞっとした。

同時に腰に右手をやった。

鉈をさがしたが、身につけておらず、あわてて家へもどった。

この地で長年猟を続けてきた市蔵によれば、山で熊に遭遇した者の生存率の決め手となるのは、武器を所持しているか否かだそうだ。生きて帰りたいなら、山に近づく際は鉈を身につけておくことだと忠告された。また、熊避けのための鈴もつけるべきだろう。

鉈の鞘を通した腰袋のベルトを締めた文哉は、気分を変えるために庭から地続きの梅畑へ向かった。

先日、畑に生えている梅の木をあらためて数えたところ、やはり十二本だった。その位置を畑の見取り図を描いたノートに記した。日に日に緑濃くなる梅の枝には青い実が付いている。小指くらいのサイズながら、かなりの数だ。

こんなに実が生っているのは喜ばしい。梅の実の収穫時期は梅雨時のはずだ。だとすれば、ほぼ一ヶ月後に迫っている。けれど、どうしていいのかわからない。しかも梅畑の西側、山とは反対側の斜面近くは篠竹に覆われたままだ。今年はあきらめようか……。

と、篠竹の藪の向こう側から聞き覚えのある声がした。

「──なんだって？」

だれかに聞き返しているのは、イトだ。

耳がわるいせいか、声が大きい。下の道路でしゃべっているようだが、相手の声は聞こえない。

上閑沢篠原地区は、地名の通り閑かで篠竹の野原が多い。ひっそりしている分、余計に音が響くのかもしれない。昨夜のなにものかの声にしてもそうだった。

「──あんがとな！」

というイトの声で会話が途切れたようだ。

そのとき、文哉は今日が金曜日だということに気づいた。

イトがだれかと話していたのは、ごみの収集所のあたりだったからだ。

いったん家にもどり、家中のごみを集めてごみ袋を一杯にして再び外へ出た。ごみを捨てるついでに、イトにいくつか尋ねるつもりだった。右も左もわからないここでは、イトは数少ない情報源だ。

　ダッシュで坂を下った文哉は、イトの小さな背中を見つけた。ごみ収集所のある歩道と車道を区切る境界ブロックに腰かけている。

「おはようございます。今日、燃えるごみの日ですよね？」

　文哉は車道を横切り、ごみ袋を手にしたままイトに歩み寄った。

「おう、緒方さん、おはよ。そうだいね」

　振り向いたイトはいつものように頭に手ぬぐいを巻いている。

　文哉はごみ収集所でごみを捨てるのは今日が初めてで、ひとつ戸惑った点があった。それは、市の「燃えるごみ指定袋」には氏名を書く欄があることだ。

「イトさん、このごみ袋、名前を書かなければいけないんですかね？」

「あん？　なんだって？」

　イトが額にしわを寄せた。

「ここに、名前書くんですか？」

　文哉は声を大きくし、ごみ袋の記名欄を指さした。

「んなもん、書くもんか。おら書いたことねえ」

　イトは口をとがらせた。

「ですよね」

文哉はほっとして笑い返した。

だったら、なぜこんな欄があるのかと思ったが、そこは追及せず話題を変えた。

「そういえばイトさん、昨日の夜、おかしな声を聞きませんでしたか？」

「おかしな声だ？　何時頃だい？」

「十一時前くらいでしたかね」

「若いもんは宵っ張りだな。その時間なら、とうに寝てるさ」

「そっか……」

「どんな声だった？」

「なんていうか、これまで聞いたことのない、薄気味のわるい……」

文哉は試しに声を真似てみた。

「──なんだい、そりゃあ？」

しわだらけのイトの目尻にさらにしわが寄った。

「聞こえたんですよ。山のむこうとこっちで呼び合うみたいに、しばらくのあいだ鳴き続けてました」

「フクロウじゃないのかい」

「いや、ちがうと思うんですけど」

「んじゃあ、さかりのついた猫だろ？　最近、野良が増えやがってなあ」

「いやあ……」

文哉は首をかしげた。

「それとは別に、家の近くで唸り声がしたんです」

「ふうん」

「このあたりって、犬なんていますかね？」

「犬？　ここいらじゃ、だれも外で犬なんて飼わねえよ」

「どうしてですか？」

「そりゃあ、喰《く》われちまうからさ」

「え？　喰われる。なににですか？」

文哉は思わず笑ってしまった。

「ほんとのことさ。やられたって話は幾度も聞いてる」

「それって？」

「イノシシさ」

イトは悔しげに舌を鳴らした。「外でつないでおくと、やられちまうのさ」

「マジですか……」

文哉には信じがたかった。

「ところで、畑はどうなん？」

今度はイトが話題を変えた。

「畑って、梅畑のことですよね？　そのことなんですけど」

「おら、梅は詳しくねえが、生ってんのかい？」

「ええ、かなり生ってます」

「だったら、収穫すりゃあいい」

「でも、どこで引き取ってもらえばいいのか……」

「農協だろ」

文哉は農協の組合員ではないし、どのような取り組みをしているのかさえよくわかっていなかった。

「あのー、ウチの前の畑も梅畑ですよね？　あそこって、どなたの畑なんでしょうか？」

文哉は一番知りたかったことを尋ねた。

「知らねえのかい？　キクさんのさ」

「キクさん？　というのは？」

「ん、キクさんかい？」

イトは視線を泳がせてから答えた。「あの人は、わるい人じゃねえよ」

「そうですか？」

「でもな、ちぃとばかし気いつけな」

「――というのは？」

文哉は声を落とした。

「ん？　めんどくせえやつさ」

イトの声が山間に響いた。

文哉は思わず首をすくめた。

イトの声に呼応するように山のカラスが鳴いた。

周囲を見回したが、だれもいない。とはいえ、民家が見える範囲にあり、だれが聞き耳を立てているかわからない。

「その方は、梅農家なんですかね？」

「その方だ？　そんな大したもんじゃねえさ」

イトは文哉の顔をのぞきこみ、目を細めた。「いいかい、気いつけるんだよ」

やはりどういう意味なのかわからなかった。

「梅畑をやってる人に、できれば梅の収穫について教えてもらいたいんですけど」

「だったら、タスクさんに聞くといいや」

「キクさんではなくて、ですか？」

イトがうなずく。

「タスクさんとは？」

「梅農家さ。そこそこ手広くやってんじゃねえか」

「ちなみに何歳くらいの方ですかね？」

「タスクさんは、おらの同級生さ」

「ということは？」

「七十七歳」

「――なるほど」

文哉はうなずいた。なにが「なるほど」なのか自分でもわからなかった。

タスクの家は、イトの家より少し上がった所にあるらしい。イトの家と同じように二階の屋根に小さなやぐらのような高窓が付いているそうだ。つまり、かつては養蚕を営んでいた農家だったのだろう。

「念のため、キクさんの家というのは？」

「ん、向こうのほうさ」

イトはめんどうくさそうに田畑の奥のほうを指さした。山際に一軒、灰色の屋根が見えた。

「――よっこらしょ」

イトがおもむろに立ち上がった。

「長々とすいません。ありがとうございました」

文哉は頭を下げ、ごみの収集所の扉を開けて手にした袋を隅っこに置いた。

「そういやあ、今度の日曜に集まりがあるんさ」

「そうなんですか。どんな集まりですか？」

「柵を直すのさ」

「柵っていうと、あの田んぼと畑を囲ってる？」

「そうだいね。おらは田んぼはやってねえけど畑があるからな。イノシシが入ってくりゃあ、たまったもんじゃねえ」

「参加するのは？」

「タスクさんも来るだろうよ」

「そうですか。キクさんもですか？」

「あの男はわからん」

イトは眉間にしわを寄せた。

「その集まりって、おれも参加していいんですかね？」

「あん？　そりゃあ、ひとりでも多けりゃ助かるだろうけどな」

イトはちらりと視線を寄こした。

——さて、どうしたものか。

文哉は即答を避けた。

あの柵のなかに自分の田や畑があるわけじゃない。

でも、想像してみた。村の集まりに参加するとどうなるか？

顔を合わせて挨拶ができる。この集落の人に自分を覚えてもらえるチャンスだ。

今は幹線道路を歩けても、狭い里道には気軽に入っていけない。見知らぬ者であれば不審者だと思われかねない。一度顔を合わせ挨拶さえすれば問題ないはずだ。思いがけない情報が手に入るかもしれない。

しかし一方で、いろいろと聞かれるはずだ。なぜここへ来たのか？　仕事はなにをしているのか？　移住するのか？　それだけでなく、今後も村の集まりに参加する意思を問われるかもしれない。

これまでの南房総での経験から、田舎暮らしには大きく分けてふた通りある気がする。

その土地の人間とは一定の距離を置き、他者として気ままに暮らすのか。

それとも地元に溶けこんでいくのか。

南房総に家を持って三十年近くになる寺島は、地元の人とうまくやるために自分なりにできることはいろいろとやってきたという。それでも未だに自分はよそ者だし、それは今後も変わらないだろう、と言っていた。寺島は溶けこむことを望んでいたのかもしれない。しかし、住んでいるのが別荘であり、正式に住民とならないのであれば、むずかしいのかもしれなかった。

文哉にしても同じだろう。

そして、寺島はこうも言っていた。

「田舎暮らしは、都会の人が憧れるほど、楽しいことばかりじゃない。こっちには、こっちの競争があるのさ。田舎だから、みんないい人なんてありゃしない。あたりまえだけど、それこそ、どこに住もうが人は、人それぞれさ」

今になって、その通りだと文哉は思った。

文哉が黙ってしまったせいか、イトが心配そうに声をかけてきた。

「無理しなさんな。あんたも来たばっかりで忙しいだろうしな」

「そうですね」

文哉は曖昧にうなずき、念のため集まる時間だけ聞いておいた。

「もし来られるようなら」

イトは少し間を置いてから続けた。「そうさな、鉈を持ってきな」

「鉈ですね」

「ペンチとカケヤもあれば」

「カケヤ？」

「いや、なければいいさ」

イトは腰の後ろに両手をまわし歩き出した。

「あ、そうだイトさん」

文哉は思いだし、声をかけた。

「ん？」

「ワラビ、すごくおいしかったです。ごちそうさまでした」

文哉の言葉に、イトがにたりと笑い返した。

「なあに、ちっとだよ。また、採れたらくれてやるよ」

「ありがとうございます」

「じゃあ、がんばりな」

イトがゆっくり家へと向かう。

——がんばりな。

なにげない励ましの言葉が心に染みた。

だれかに、がんばれと言われるのはひさしぶりのことだ。

自分ががんばっていなければ、がんばれなんて、なにげなく口にできないような気がした。

遠ざかる小さな背中に、文哉は笑顔で頭を下げた。

そして、思い返した。

あの田畑を囲った柵のなかに入ってみたい、と強く思ったことを――。

26

凪子のためのウッドデッキづくりを一時中断し、屋内の掃除を進めた。

テントを張っている八畳間の隣、襖を挟んだ続きの八畳間をまずはなんとかしたい。

こちらは畳の上の染みが広範囲で、このままでは気持ちよく使えそうにない。あまり想像したくないが、染みは人の形をしているようにも見えてしまう。

その畳の染みに落とした視線を天井にもちあげる。

そこにもひとまわり小さな染みがある。

偶然とは思えないこの位置関係をどう捉えたらいいのか？

ため息をついたとき、足もとで動く小さな生き物が目に入った。

――アリだ。

これまで見たことのない種類で、胸部が赤黒く、一センチはある。

「デカいな」

文哉はつぶやくとスマホを手に取り、カメラレンズを寄せてシャッターを押した。つまんだアリは窓から外に放った。

4Kの間取りの家は、四部屋すべてが和室だ。古民家とはいえ、洋間にするチャンスは建て増しする際にあったはずだ。せめて一部屋くらい洋間であってもよかった。

大きな染みのある八畳間に掃除機をかける。すぐにごみが溜《た》まってしまい、フィルターサインが赤く点灯してしまう。雑巾に変え、畳を水拭きしたところ、白いタオル地はすぐにネズミ色に変わった。

天気がいいので、畳はすべて一度上げて干すことにした。そうすれば床下の点検もできる。

和海に頼まれ、南房総の凪子の部屋を洋間にリフォームした際の要領で、千枚通しを使って畳を上げていく。まちがいなくこれまでの経験が活《い》きている。

ところが、三枚目の畳をめくって目を疑った。

畳の下、荒板の上が真っ黒で、しかも蠢《うごめ》いている。目の錯覚かと思いきや、黒い群れが円を描くように外へと散った。

「なんだこれっ！」

持ち上げていた畳を落としてしまった。

「——アリだ！　さっきのやつだ」

文哉は声を上げ、玄関にまわって殺虫剤を取ってきた。

このまま放っておくわけにはいかない。意を決し、もう一度同じ畳を持ち上げる。数は減ったがまだアリがいる。なんとか畳を左手で支え、殺虫剤を撒《ま》きまくった。アリは荒板を並べた隙間や節穴から床下へと逃げていく。畳を移動して壁に立てかける。荒板を一枚外し、床下の暗闇に向かって殺虫剤をこれでもかと噴霧し、追撃した。

「ふざけやがって！」

興奮を冷ましながらつぶやいた。「なんなんだ、こいつら」

――とんでもないところに、家を買ってしまった。

正直、そう思った。

その場から離れ、畑の脇道を通り、スマホの電波の届く場所まで小走りで進んだ。どうにも家に居たくなかった。

家から約五百メートル先の幹線道路の歩道でようやく「圏外」の表示が消えた。さっきスマホで撮影したアリの写真を画面に映した。ネットで検索したところ、胸部が赤黒いアリは、そのまんまの名前だった。

「ムネアカオオアリ」。

日本最大のアリ、山で見かける、とあった。

文哉は腹立たしくなり、スマホをポケットにもどした。

――おれの家は山だって言うのか？

「山で見かける」というムネアカオオアリには、文哉の家が、ここが、山ではないことを思い知らせるべきだ。ムカデといい、アリといい、ここでの暮らしは山の生物たちになにかと悩まされそうだ。

昨夜の奇妙な声にしてもそうだ。

――こんな環境でやっていけるのだろうか。

思わず頭《こうべ》を垂れる。

自分はともかく、凪子には無理そうな気がした。

ともかく対処するには、彼ら山の生き物の生態を知るべきだろう。

気を取り直し、屋内で使っていたブルーシートを雑草だらけの庭に敷き直し、八畳間の畳を一枚ずつ運んだ。二枚の畳をハの字に向かい合わせ、お互いに立てかけるようにした。染みのついた畳を含め、計八枚の畳を天日干しにした。

朝方は日陰だった庭にも日が差している。これでいい消毒になるだろう。

畳を干しているあいだに、梅畑の手入れにとりかかった。

小さな梅の実を虚《うつ》ろに眺め、悩んでいるだけでは、なにも変わらない。まずは、畑だった場所を元通りにもどすことからはじめよう。

つまりは、畑の一部に広がる篠竹の藪を切り拓《ひら》くという作業だ。

篠竹とは、イネ科タケササ類の小形の竹の総称だ。梅畑の東側の斜面から這い上がるように畑に侵入しているのは、高さ約三メートル、直径一・五センチほどの篠竹の群生だ。

長袖長ズボンの作業服を着て、帽子と手袋を着用。念のため腰には鉈を提げ、篠竹の藪へ向かう。篠竹を根ごと引き抜くことは不可能だ。それほど棹《さお》に太さはないが、小型のハサミでは切れず、折りたたみ式の剪定ノコギリを使ってみる。一本一本、確実に切れるもののかなり時間がかかってしまう。

お金のかかるガソリンなどの燃料を使う草刈り機はなるべく使いたくない。なにしろ、ここでこうしているあいだの収入はゼロなのだから。

文哉の家の敷地はおそらく斜面の上まで。とりあえずそこまで篠竹を切り進みたいが、なかなか到達できない。三十分ほど経過したところで、およそ一メートル四方の赤錆の浮いた鉄板が、折りたたまれた状態で行く手を遮った。どうやら古いドラム缶の一部らしい。引きずり出して刈り取った篠竹の上に置いておく。

続いて現れたのは、同じく赤錆の浮いた脚立だ。

——なんでこんなところに。

首をひねった。

そのすぐ近くに、篠竹のほかに棘のある木、タラノキがあった。

もしかしたらタラの芽を採るためにここに脚立を立て、そのまま置きっぱなしにしたのかもしれない。だとすれば、かなりそそっかしい。

前の住人を想像し、口元がゆるんだ。

脚立があった位置は、昔は篠竹が生えておらず畑だったのだろう。篠竹がここまで生い茂るのにどれくらいの年月が必要なのだろうか。古く硬い篠竹の合間から、早くも青い新芽がのびてきている。

自分が通れるくらいの幅で篠竹を切りながら前に進み、ようやく敷地の突端、下り斜面の手前にたどり着いた。

「おおー」

高台から見える景色に文哉は声を上げた。

目に入ったのは、民家の屋根だ。

小さなやぐらのような高窓が三つ並んでいる。

「イトさん家だ！」

さらにその向こうには、若葉が萌《も》えだした春の山並みが低く連なっている。

その景色は、もちろん名勝と呼ばれるような特別なものではない。それでも文哉の目には美しく映り、小さな感動さえ与えてくれた。

「――いいね」

思わずつぶやいていた。

さっきまでは、この土地に嫌気が差していたというのに、今は愛《いと》おしくさえ思えた。あるいは自然というのは、そういうものかもしれない。ただ、美しいだけではなく、ただ、醜いだけでもない。時にやさしく、時に不意打ちを食らわす。ここではそんな現実がより身近に感じられた。

夕方早めに畳を元の位置にもどす際、荒板の上には生きているムネアカオオアリは一匹もいなかった。夥《おびただ》しい数の黒く縮んだ死骸は掃除機で吸い取った。多くのアリを殺してしまった。とても凪子には見せられない。自分が行った殺戮《さつりく》をあらためて目にして、暗い気持ちになった。

荒板を取り外し、恐る恐る床下を点検した。基礎の木部にアリが巣くっている様子はなさそうだ。

もしこの部屋が洋間であったら、アリが床下に集まっていようが、気づかずにすんだだろう。けれど気づかなければ、被害は知らぬ間に広がってしまう。今回のように簡単に床を外すことはできない。

畳でよかったのかもしれない。

いや、だからこそ、この家の部屋はすべて畳なのかもしれない。


夕飯は、庭に持ち出したカセットコンロに載せたフライパンに多めのサラダオイルを注ぎ、天ぷらと洒落《しゃれ》こんだ。揚げる食材は庭で採れたタラの芽。もらいもののワラビ。そして、梅畑に自生しているのを見つけた山ミツバ。市販のものより葉が大きい。

つくりかけのウッドデッキの前で、まずは、揚げたてのアツアツのタラの芽に塩を振って齧《かじ》る。採ったばかりだけあって香りが強く、なおかつジューシーでコリコリしている。独特の苦みを甘みが包み込み、なんとも滋味深い。

少し開いてしまったタラの芽も同じ味わいがした。

ひとりで食べるのが、なにかもったいない。

――凪子に食べさせてあげたい。

ふと、そう思った。

庭で天ぷらなんて、かなり贅沢《ぜいたく》だ。

都会の家ではまずむずかしいだろう。

しかも食材はすべて無料、タダなのだ。

初めて試したワラビの天ぷらもなかなかいい。山ミツバは香りが強く、これはこれで山菜の味わいだ。いくらでも梅畑で採れそうで、しばらくはお世話になりそうだ。おかずは天ぷらだけだったが、胸焼けすることもなく、おいしくいただけた。

その夜、午後十一時過ぎまで起きていたが、昨夜のような不気味な声は聞こえてこなかった。

疲れたせいもあり、文哉は熟睡した。

27

翌日も文哉は篠竹の藪に挑んだ。

篠竹をなるべく地際で切っては藪から運び出し、また切っていく。

地道な作業に徹し、少しずつ自分の畑の範囲を広げていく。

藪のなかからまたしてもなにかが出てきた。錆び付いた管のようなものが二本、地面から突き出している。それは持ち手のようだが、半分埋まってしまっている。

やれやれ、またか、と思いながら、そのまま放置して藪の少し先を見た。

――なんだ、あれ?

文哉は篠竹をかき分けて前に進んだ。

忽然《こつぜん》と現れたのは、曲がりくねった太い幹。梅の古木にちがいない。篠竹の藪は、梅の木までも呑み込んでいたのだ。

その梅の古木は、根元近くに空洞があり、主枝、つまりは主幹から分枝した大枝の多くが途中で枯れ、落ちてしまっていた。まるで腕をもがれた巨人のようだ。ひと抱えはある太い幹には緑色の苔がびっしり生えている。枯れてしまっているようにも見えたが、折れた枝の途中から緑色の徒長枝《とちょうし》がまっすぐ空にのびている。

「すぐに助け出してやるからな」

声をかけ、周りの篠竹を刈りはじめた。

近くで聞き慣れない野鳥の声がする。まるで文哉を応援してくれているみたいに騒がしい。

梅は、日光が少ない場所では生育しづらい。篠竹に覆われるという過酷な環境の下でよく生きていた。とはいえ、かなり弱っている。果たして梅の実をつける力が残っているかどうか。

それでも文哉は、無残な姿となった老木に手を尽くした。

その一本を救い出したあと、さらに奥の藪のなかにも梅の木を見つけた。

農作業を終えた文哉は、ノートに描いた畑の見取り図に、篠竹の藪のなかから見つけ出した三本の梅の木の位置を新たに描き込んだ。確認できた梅の木は、これで十二本から、十五本となった。

――十五本の梅の木。

どれも古木と言っていいだろう。

剪定されていなかったため、多くの木は樹高が五メートルを超えている。こうなると実が生ったとしても、収穫がむずかしい。

ともかくこれら十五本の梅の木について、文哉は早急に知る必要がある。

まずは、どんな品種なのか。

ここへ来る前に購入した梅の栽培に関する専門書には、梅は大きく分けて二種類あると記されていた。「花梅」と「実梅」だ。「花梅」とは、花を観賞するための梅の品種の総称であり、「実梅」とは、実を収穫するための品種だ。

当然、文哉の畑にあるのは「実梅」であるはずだが、「実梅」にも様々な品種がある。文哉が品種名を聞いたことがあるのは、和歌山県で主に栽培されている、梅干しで有名な南高梅《なんこううめ》くらいだ。なにしろ梅干しを漬けた経験もない。

三月に畑の梅を見た際、二種類の花が咲いていた。白い花と、薄紅色の花だ。だとすれば、この畑には少なくとも二種類の梅の木があることが考えられる。しかし花が散った今、実や葉を見比べてもちがいはわからない。その点は本を読んでも示されていなかった。

品種がわからなければ、それこそ単なる「梅」でしかない。農産物として出荷するとすれば、わからないではすまない気がした。それこそ商品価値に支障をきたしかねない。

明日、日曜日の村の集まりのことを思い出した。

「――どうすっかなあ」

文哉は頭を掻《か》いた。

「うわっ、痒いなあ」

そういえば、一週間以上、風呂に入っていなかった。

ノートを閉じ、これまであまり足を運ぶことのなかった風呂場へ向かった。プロパンガスを頼んでいないため、風呂は使ったことがない。

風呂があるのに風呂に入れない、というのは、家としてかなり問題ではある。試しにタイル張りの浴槽に栓をして水を張ってみた。浴槽に水を溜めることができれば、なんらかの方法でその水をあたためればよいわけだ。そうすれば風呂に入れる。夏なら、水浴びができる。

水を溜めてから簡単な夕食を摂《と》り、思い出して風呂場へ行くと、浴槽の水は三分の一に減ってしまっていた。

「はあ」とため息をつく。

残念ながら浴槽は水漏れする。

しかし、そのことがわかったことは前進だ。

プロパンガスを頼めば風呂が使える、というわけではなさそうだ。古い給湯器についても機能しないと考えたほうがいいだろう。

浴槽の古さから予想していたが、からだを清潔に保つための対策を考えなければならない。しかたなくカセットコンロで湯を沸かし、盥《たらい》にぬるま湯をつくって洗髪した。

「あー、気持ちいい」

わざと声に出してみる。

その後、余った湯でタオルを湿らせ、からだを拭いた。

とりあえず、さっぱりした。

今日、救い出した梅のことが頭に浮かんだ。

イトが言っていた、梅農家のタスクに会うことができれば、ウチの畑の梅について教えてもらえるかもしれない。品種について、あるいは、栽培や収穫についても。

うまくすれば、今季の出荷に間に合うだろうか。

風呂場を出るとき、文哉は迷っていた明日の村の集まりに顔を出すことに決めた。

28

「おはようございます。こちらに家を持ちました緒方といいます」

文哉は顔を合わせた人に頭を下げた。みんな自分より年上で背が低かった。

イトの話では集合時間は午前九時、その十分前に訪れたのだが、すでに上関沢篠原地区の田畑の関係者が集まり、作業がはじまっていた。

田舎の朝は思った以上に早い。

畳の縁を使った紐で結ばれていた田畑への入口の門は開いていた。人が集まっていたのは、田畑のあいだを縫うように続いている農道の先の竹林。そこはイノシシ避けの柵の外側で、そのまま山へと続いている。

「南房総から来たってのは、あなたですか？」

おそらく八十代半ばのおじいさんから声をかけられた。

「はい、そうです。よろしくお願いします」

「そうですか、こちらこそ」

おじいさんは丁寧な言葉遣いで小さくうなずいてみせた。

「あんちゃん、いくつだい？」

今度は黒縁メガネをかけた七十代くらいの人。かぶっている帽子には農機具メーカーのロゴが入っている。

「二十六歳です」

「若いねえ。けど、こっちに住み着くわけじゃねえだろ?」

さっそく核心を突く質問が飛んだ。

「まあ、まずは家を直そうかと」

文哉はうろたえ気味に笑ってごまかした。

「おー、おはよ。よく来たね」

イトさんの明るい声がした。急いできたらしく、少し息が荒い。「もう、みんな集まったんかい」

それぞれが簡単な挨拶を交わしていく。

「あんちゃん、鉈は使えんのかい?」

言ったのは黒縁メガネをかけた人だ。

「あ、はい」

「じゃあよ、竹を渡すから、切ってくんない。杭《くい》にするんでな」

「杭ですか?」

「ほれ、あっこにいるキクさんみたいによ」

顎をしゃくった先に、鉈を振るっている男の背中が見えた。

「わかりました」

文哉はうなずいた。

小柄で痩せたその男が、どうやら文哉の畑の向かいにある梅畑の持ち主であるキクらしい。「ちぃとばかし気いつけな」とイトから言われた人物だ。

文哉はキクから少し離れた位置、背後から手元を見つめた。使い込んだ鉈で竹の先を割っている。杭として地面に突き刺すために斜めに切り込みを入れているのだ。

「——ん？」

気配を感じたのか、キクが振り返った。

「おはようございます」

文哉はあわて気味に頭を下げた。

「おう、おはよー」

キクは語尾をのばし、口元をゆるめた。

無精髭を生やしたキクの顔はしわだらけだが、笑顔には屈託がなかった。太陽の下で長年働いてきた者特有のブロンズ色をしている。

文哉はほっとした。

両側に干上がった田が続く農道の行き止まりの先、柵の向こう側では何人かの男たちが長い竹を切り出している。

どうやら柵を補修するための材料とする杭を、まずはつくる段取りのようだ。

切り出された竹は、鉈で枝を落とされ、柵の内側へ運ばれてくる。

文哉は見よう見まねで、長さ一メートル五十センチほどに切り揃えられた竹の先を鉈で叩き割った。以前、亡き幸吉と一緒に同じような作業をしたことがあった。南房総を台風が襲った直後で、収穫時期に倒れてしまった陸稲を干すための稲架《はさ》を急遽《きゅうきょ》つくったときのことだ。そのとき文哉がはじめて手にした道具が、鉈だった。

「少しは使えるようだな」

いつのまにかキクがこちらを見ていた。

「ありがとうございます」

「都会もんはこんな道具、手にせんだろうに」

「しばらく千葉の田舎で暮らしてたんで」

文哉は笑い返した。

「ほう、そうかい」

キクは小さく二度うなずいた。

作業がすでにはじまっていたため、全員に名前を聞くことが叶わず、だれがだれなのかよくわからない。押し黙って作業を続け、視線を合わせない。もっと早く来るべきだったと後悔した。

ただひとりの知り合いであるイトが近くにいないのも心細かった。何度か顔を合わせた区長の姿はない。

そんななか、時折声をかけてくれたのがキクだった。わからないことがあると、文哉はキクに尋ねた。

できあがった杭は農道に入れた軽トラックの荷台に積み込まれた。作業の仕切り役らしい黒縁メガネをかけた人が指名し、二つのグループに分かれた。参加しているのは六人で、文哉はキクと同じグループになった。

同じグループになったもうひとりの男性は、柴田《しばた》と名乗った。六十代くらいで、参加者のなかで文哉の次に若かった。自分から名前を教えてくれたわけではなく、文哉が挨拶をしてから尋ねたのだ。柴田は、今日の作業に来る際、文哉に鉈のほかにあれば持ってくるようイトが言っていた、大型の木槌《きづち》である「カケヤ」を手にしていた。

それぞれのグループの持ち場へ移動してからは、柵を支える竹の支柱の補強が主な作業となった。古くなって破損したり、がたついたりする柵を見つけては、さっきつくった竹の杭を柴田がカケヤで打ち込み、太めの針金のようなもので結わえていく。結ぶ作業はキクが担い、文哉が見たことのない先のとがった鉄製の棒状の道具を使って、竹の杭とワイヤーメッシュのフェンスを結束していく。文哉は軽トラックの荷台から竹の杭を運んだり、竹の杭を打ち込む際に支えたりする補助役にまわった。

「これって、なんて道具ですか？」

文哉が尋ねた。

「こいつかい？『シノ』って言うのさ」

キクは気さくに答えてくれた。

「『シノ』ですか？」

「ああ、番線を束ねてかたく締め上げるにはこいつが一番だ。女の名前みてえだが、篠竹にかたちや太さが似てっから、そう呼ぶんじゃねえか。ペンチなんかじゃ、こうはいかねえ」

「『番線』というのは？」

「なまし鉄線のことさ。針金みてえなもんだが、太さの割りにやわらけえ。工事現場での呼び方だな。番線は使い途《つかみち》によって、太さを変えるんさ。八番やら十番やら十二番やら。一番使うのがこの太さ。だから略して『番線』と呼ぶんさ」

「へえー、キクさん、詳しいね」

柴田が感心したような声を上げたが、やや小馬鹿にしたような口調でもあった。

「昔、建設現場にいたからよ」

「――そうなんですね」

文哉は相づちを打った。

キクが番線でつくった小さな輪っかにシノの先端を通そうとしたそのとき、年のせいなのか右手が震えて見えた。輪っかにシノが通ると、余った番線の先端を束ねるようにしてグルグルとまわして締め付けていく。上手《うま》いものだ。

「あそこの家を買ったんだって？」

柴田が山を指差しながら文哉に言った。

「ええ、そうなんです」

「てことは、あそこに住むのかい？」

「もう住んでます」

「ほんとかい？」

柴田が聞き返した。

「ええ、今は家の掃除や修理をしてます」

「あの家になあ、ふーん」

驚いた表情で柴田は鼻を鳴らした。

「裏山にはまだ入ったことないんですけど」

文哉がなにげなく言うと、即座に「そいつはやめときな」と柴田が首を横に振る。

理由は口にしなかったが、おそらく危険だという意味なのだろう。

「――なあ、キクさん」

柴田が同調を求めた。

「そうさなあ」

キクはシノで番線をねじりながら気のない返事をした。

会話のなかで、柴田はここに田んぼを持っているが、上閑沢篠原地区に住んでいるわけではないらしいことがわかった。以前はこっちに親の家があったのか、今もあるのかはわからないが、いずれにせよ市街に住んでいて、いわゆる「通い」でここまで来ているようだ。田んぼを持っている関係上、柵の補修に参加している様子だ。

田畑の所有者でありながら作業に参加しない者もいるらしい。柵の内側に入ってわかったが、奥のほうには休耕地らしき場所も見受けられる。もったいないと感じたし、できれば自分に貸してほしいと思ったが、文哉は安易に口に出さなかった。

「なにも来たばっかりの人間が手伝うことねえのさ」

何気ない感じで柴田がつぶやいた。

黙っている文哉に、「だれに言われた？」とキクが尋ねた。

「いえ、出るように言われたわけじゃなくて、今度、村の集まりがあるって聞いて、どんな作業をするのかと思いまして」

「どうせ、イトさんだろ？」

キクが薄く笑った。

「え？」

「あのばあさん、おしゃべりだからな」

キクはキクで、「イトには気をつけろ」と煙たがっているような気がした。

「やっぱりここって、山奥なんですかね？」

文哉が話題を変えるために素朴な疑問を口にしたところ、「あーね、山奥さ」と柴田が即答した。

柵の補修をしながら、文哉は周囲の畑の様子をうかがった。

四月下旬の今は、タマネギやジャガイモが見かけられた。そして、イトさんがつくっていると言っていたワラビ。植えっぱなしのようなネギの類い。

「――この畑は？」

文哉が興味をもって尋ねたところ、「長老のさ」とキクが答えた。

「長老？」

「臣政《おみまさ》さん、今年いくつになるかな」

カケヤが重たいらしく、柴田がフーッと息を吐く。

「来年、米寿じゃなかったか」

米寿といえば、八十八だ。

「すごいですね、その年で今も畑をやってるんですね」

「畑だけじゃねえよ。あの人は米もやってんのさ。しかも昔のやり方でな」

「――そうですか」

文哉は二度うなずいた。

臣政というのは、どうやら最初に挨拶をした、謙虚なおじいさんのことらしい。

文哉がその畑に興味を覚えたのは、使われている支柱を目にしたからだ。よくあるイボイボの付いたプラスチック製ではなく、どれも竹でできていた。おそらく手づくりだろう。

手分けして行った柵の補修作業が終わりかけた頃、二つのグループが閑沢川沿いで合流した。その際、文哉はイトに話しかけ、梅農家のタスクさんについて尋ねた。イトはめずらしく小声で、黒縁メガネの人だと教えてくれた。

作業が終わったのは午前十一時前。

用意されたペットボトルのお茶と菓子パンが配られた。

「わるかったね、ご苦労さん」

解散の挨拶のあと、タスクに声をかけられた。

文哉はこのチャンスを逃してはと思い、緊張しながらも自分の梅畑について尋ねてみた。

「――あっこの畑かい」

タスクは農道を一緒に歩きながら文哉の質問に答えてくれた。

そんな二人の姿にイトたちは少し距離を置くようにして、それぞれの家路に就いた。

29

台所の流しで手と顔を洗った文哉は、「はあー」とため息をついた。

タスクから聞いた話を思い返していた。

タスクによれば、このあたりはかつて養蚕で栄えた地域だったが、その後、梅の栽培が盛んになった。しかし今は最盛期の半分近くにまで梅農家は減ってしまったそうだ。

原因は言わずとしれた高齢化、後継者不足によるものだ。文哉の梅畑もそんな農家が以前所有していた畑らしく、もう何年も人の手が入っていない。

「正直なとこ、むずかしいんじゃねえか」

タスクは早々に結論を口にした。「あっこは、山に近くて日当たりがよくねえ。それこそ昔は『日陰』って呼ばれてたとこさ。前にやってたもんも散々苦労したみたいだ。これからの時期はいいが、冬にはえらく冷え込む。春先、梅の花が咲いても山のほうへまでミツバチは飛んではいかねえ。実がついたとしても、生りはじめに霜にあたれば落ちちまう」

「――そうなんですか」

「梅の木もえらく高くなってるだろ。剪定もしねえで、ほったらかしだったからな。あたりめえだが、梅は一年で一度だけしか収穫できねえ。袋掛けするわけでなく、それほど手間がかかるわけじゃねえが、なにもしねえってわけにはいかねえのさ。春夏秋、肥やしをくれたり、下草刈ったり、〝消毒〟しなけりゃならねえ」

「〝消毒〟ですか？」

「ああ、〝消毒〟しなきゃ売れねえのさ。黒星のやつが出るからな」

「黒星？」

「梅の病気さ」

文哉は黙ってうなずくしかなかった。

「昔はよ、いい時代もあったんさ」

タスクは話題を変えた。「梅の実ひとつが十円で売れたんだからな。一本の木で七万円とかよ。一日の出荷で軽トラが一台買えた年もあった」

だとすれば、文哉の畑には十五本の梅の木があるから、百万円を超える収入になる。

「それはすごいですね」

「まあ、そんな時代もあったが、今じゃなあ……」

「今はよくないんですね」

「とにかくよ、〝消毒〟するにもいろいろと道具が必要なんさ。出荷するにはサイズを分ける選果機がいる。選果機なんか、それこそ買えば三十万以上するんじゃねえか。梅畑っていってもな、一反ばかりでそこまで金かけられるかい？　あんただってほかに仕事があるだろうし、無理することねえ」

「でも、実が生ってるもんで」

文哉は言ってみた。

「実は生るさ。そこいらの梅の木にもな。梅は生きもんだ。でもな、それを金に換えるのは、そうやさしくもねえのさ」

――たしかに、それはそうだろう。

文哉はうなだれかけた。

「なにか方法がないですかね？」

文哉は顔を上げ、タスクの横顔をうかがった。

まっすぐ前を向いたままのタスクは、しばらく黙ったあと口を開いた。

「あんた、若いけど、ここに住む気あんのかい？　もっと言えば、永住する気があるかい？」

「永住ですか？」

文哉は思わず苦笑した。そんな先のことまで考えられないし、断言することはできない。いくらなんでも大げさ過ぎる。

「畑を持ってるもんはよ、そういうもんさ」

「え？」

「どこへも行けやしねえ」

タスクは変わらぬ淡々とした口調で続けた。「田んぼや畑がある限り、ここから離れられんのさ。だからやってるようなもんさ。もっとも、ウチの息子にはそんな気はねえだろうけどな」

タスクは最後に口元をゆるめ、「お疲れさん」と言って分かれ道で坂を上っていった。

30

翌日は、夜半から降り出した雨が朝になっても残っていた。

梅畑の向こうに見える山並みに霞《かすみ》がかかり、太陽は雲に隠れている。そのせいか、野鳥の声がいつもより控えめな気がした。

昨夜はよく眠れなかった。奇妙な声がしたわけではない。

タスクに言われたことが気になったのだ。考えてみれば、そう簡単なことではなかった。

就農には、やはりそれなりの準備や資金が必要になる。文哉は専業農家を目指しているわけではないが、農業で金を稼ぐとなれば投資も必要になろう。とはいえ指摘されたように、文哉の畑は本来の農地取得要件を満たす広さすらない。自給自足的な暮らしを実現するためのいわば複合的な農園を目指すほうが賢明なのかもしれない。とはいえ文哉は、今ある梅の木をなんとか生かしたかった。亡き幸吉が、一度はあきらめたビワ畑を再生させようと試み、取り組み始めた矢先に倒れてしまった。文哉がその遺志を南房総の地で引き継ぐことは叶わなかったけれど、今置かれている立場はどこか似ている気がした。

タスクの口にした「黒星」とは、梅が感染する「黒星病」のことだ。黒い斑点が出ることから、そう呼ばれているらしく、発症した梅は商品価値が著しく低くなるらしい。

文哉は気落ちしていたが、昨日の村の集まりに参加しなければ、こんなに考え込みはしなかっただろう。ここ上閑沢での文哉の世界はまちがいなく広がった。タスクと話してわかったことがいくつもあった。

それらは、この家と土地がなぜ安く売られていたのか、という疑問に対するひとつの答えでもある気がした。要は、畑は、梅の栽培に向いておらず、結果が出なかったのだ。

けれどそれらを知れたことは、まちがいなく前進だ。

文哉にとって縁もゆかりもないこの田舎の村では、ひとつひとつ前に進むしかない。そのことを心に刻みつけ、後回しにしていた天井裏を調べることにした。まずはどこから天井裏に上れるのか入口を探すため、テントが張ってある八畳間の押し入れを開けた。

暗がりを見上げると、天板が少しだけずれている。

――ここだな。

押し入れの中板に手をかけ、よじ登ろうとしたとき、指先になにかが触れた。

あわてて手を引っ込めたが、それは一枚の紙切れだった。

飴色《あめいろ》に変色したセロハンテープが両端に残っている。どこかに貼り付けていたのかもしれない。

窓の近くで裏返すと、番号順に七人の氏名が書かれていた。

氏名はすべて男性で、この集落の住人、おそらく世帯主のようだ。

1　富永茂　様
2　関信夫　様
3　清水臣政　様
4　笹山祐　様
5　半田菊次郎　様
6　住井徳造　様
7　狩野作太郎

どれも時代を感じさせる名前ばかりだ。

1から7まで、名前に振られた番号は、いったいなにを意味するのだろうか？

文哉は黄ばんだ紙をすぐには捨てず、並んだ氏名をじっくり見つめた。

気づいたことがいくつかあった。

まず、1が振られた富永茂《とみながしげる》は、会ったこともなければ、一度も名前を聞いたこともない。

2のノブさんこと関信夫《せきのぶお》は、篠原地区の現在の区長であり面識がある。年齢は七十代。農家ではなく、地元の企業に長年勤めていたらしい。区長としての立場で文哉とは当たり障りなく接してくれた。この地区のおおまかな情報を簡潔に伝えてくれた人物だ。

3の清水《しみず》臣政は、昨日、「南房総から来たってのは、あなたですか?」と声をかけてきたおじいさんだ。来年、八十八歳を迎えるらしく、キクが「長老」と呼んでいた。その年で米をつくっているのだから、いわば鉄人だ。

4　笹山《ささやま》祐

この名前はなんと読むのかわからなかった。もしかしてと思い、スマホに「タスク」と入力して変換すると、漢字の候補に「祐」が出てきた。やはりそうだ。黒縁メガネをかけていた梅農家である祐だ。昨日の作業ではリーダー的な役割を担っていた。厳しい言葉も聞かされたが、梅に関する知識をしっかり持っていて、現実主義者的な印象を受けた。

5　半田菊次郎《はんだきくじろう》

菊次郎とは、きっとキクのことだ。昨日、文哉が一番話した相手でもある。人当たりがよく、話しやすかった。向かいの畑の持ち主がキクであるとわかり、文哉はほっとしたくらいだ。

6の住井徳造《とくぞう》とは、昨日の作業にただひとり女性で参加していた住井イトの亡くなった夫の名前にちがいない。ということは、この紙が印刷されたのは徳造の生前の時代ということになる。

文哉はふと、区長の関に頼まれたことを思い出した。初めて挨拶を交わした際、自己紹介文を書いてはどうかと提案されたのだ。一軒一軒挨拶するのも大変だろうから、それを回覧するからと。

――この紙って。

文哉はひらめいた。

「たぶん、回覧板をまわす順番だ」

文哉の目は、最後の名前に注目した。
7　狩野作太郎
「――作太郎？」

文哉には聞き覚えがあった。

この家の庭でイトから聞いたのだ。タラの芽の話をしていたときのことだ。

「このタラッペ、作太郎さんが山から採ってきて植えたんじゃねえか」

たしかそう言っていた。

その際、作太郎について文哉は尋ねたが、イトは答えなかった。聞こえなかったのかと思ったが、もしかしたらなんらかの理由で聞こえないふりをしたのかもしれない。

そして、並んだ氏名をもう一度端から見つめた。

あらたに気づいたのは、狩野作太郎にだけ「様」が付いていない。

この氏名の並びが、回覧板の順番であるとすれば、狩野作太郎の家には、住井徳造の家が回覧板をまわすことになっていたはずだ。そして、狩野作太郎に「様」が付いていないのは、この印刷物をつくったのは、この家に住んでいた狩野作太郎本人だったからではないのか――。

「狩野作太郎」

文哉は声に出してみた。

そういえば、苗字《みようじ》が市蔵と同じだ。

市蔵の親族だろうか？

初めてこの地を訪ねた際、「おいらの兄貴は死んだ」と市蔵は言っていた。「土地も家も、みんな借金のカタにとられた」と。

あの日、イトは作太郎の名前を口にしたあと、帰り際に「余計なことかもしれんが」と前置きし、「市蔵さんのことはあまりしゃべらんほうがいいかもしれん」と言っていた。

――なぜだろう？

イトは、キクこと菊次郎については、「ちいとばかし気いつけな」と忠告した。しかし文哉の印象では、その言葉の理由はわからなかった。

そんなイトに対して、菊次郎は「あのばあさん、おしゃべりだからな」と口にし、煙たがっているような気がした。

イトは、もちろん、わるい人だとは思わない。

ただ、なにかを隠しているような気もする。

山間の小さな村には個性豊かな高齢者たちが暮らしている。わずかな人数ながら複雑な人間関係が垣間《かいま》見えた気がした。

だれの言葉を信じればいいのだろう。

よくわからなくなってきた。

と、そのとき、ガラッと音がして玄関の引き戸がいきなり開いた。

「うっ」

文哉の背筋がのびた。

「雨、上がったね」

区長の関信夫が畳んだ傘を手に立っていた。

なぜここの人たちは、他人の家の玄関の戸を声もかけず開けるのだろう。いや、開けることができるのだろう？

「そうですか、雨止《や》みましたか」

文哉は感情を表に出さないよう話を合わせた。

「ああ。でさ、これ持って来たんで」

信夫が茶封筒を差し出した。

開いた口から赤い竹ひごが数本のぞいていた。

「なんですか？」

中身を確認した上で文哉が尋ねた。

「使って」

「でもこれって、ロケット花火ですよね？」

信夫がコクリとうなずく。

「いったい、なにに使うんですか？」

「やつらが出たら、撃つんさ」

信夫はわざといかめしい表情をつくった。

「やつらって？」

「イノシシ。サルだっていい。山に向かって撃て」

「そんなにサルも来るんですか？」

「こっちの『日陰』のほうにはあまり出んが、『日向《ひなた》』にはついこないだ出たよ。群れで来た」

「『日向』って、川の向こう側の？」

「そうそう、昔の言い方でわりいけど」

「これって、信夫さんが用意してくれたんですか？」

文哉は封筒のなかをあらためて確認した。十本のロケット花火が入っていた。

「いやいや、各家庭に配ってる。足りなくなったら、いつでも言って。ここはとくに山が近いからな」

「はあ」

文哉は生返事をした。

「千葉のほうではもらわなかった？」

「いやあ」

文哉は首をかしげてみせた。

獣避けのロケット花火を区長が配るなんて話は聞いたことがない。

「そういやあ昨日、柵を直す作業に出てくれたんだって」

「ええ、出ましたけど」

ちいさな村のせいか、すぐに情報は伝わるらしい。

「感心してたよ、臣政さんが」

「長老が？」

思わず文哉が言うと、「ああ、そうさ」と信夫が口元をゆるめた。

「どうだい、家のほうは？　庭はまだ草がたくさん生えてるな」

信夫は土間から外に出て地面を見まわした。

「まだそこまで手が回らなくて」

「無理することない。なんだったら、除草剤まけばいい」

信夫が平然と言った。

「庭に除草剤ですか？」

「ああ、ウチはこないだまいた」

「とりあえず、時間ができたら草刈りしますから」

文哉は答え、曖昧に笑ってみせた。

31

帽子とマスクを着用して入った天井裏は、ほぼ予想どおりのありさまだった。

ライトで照らし出された高さのない空間は、以前入った南房総の家屋の天井裏と大差なく、天板の上に埃《ほこり》が積もっている。ネズミの古い糞《ふん》が点在し、小動物に齧られた断熱材が散乱していた。

文哉はライトをわざと消してみた。

見まわすと外からの明かりが筋状に入っているのがわかる。つまりは隙間があるわけで、ネズミなどの小動物の侵入はそもそも避けられない構造になっている。時折、天板を行く手を妨げる配線を避けながら、梁《はり》を伝うようにして慎重に進み、天板を照らしては雨漏りがないか確認しながら進んだ。やがて目標である奥の八畳間の天井の上までたどり着いた。そこは、先日文哉が畳の上の染みから顔をもちあげ、見上げた位置になる。

敷かれただけの断熱材をゆっくりめくりあげると、天板が黒ずんでいた。おそらくここでなにかが息絶えたのだろう。それはネズミより大きな生き物だったのかもしれない。

かなり窮屈な体勢でスマホのライトで照らすと、積もった埃のなかに、乾いた米粒大のサラサラとしたものがかなりの量、交じっている。

手袋をした指先でつまんでみる。

――昆虫のサナギ。おそらくハエだ。

吐き気を催すが、もちろん吐くわけにはいかない。もうひとつ新たな染みをつくりかねない。

古民家を自らの手で直していくとは、こういうことなのだ。現実を受け止めながら、文哉は持って来た袋のなかにごみを回収した。

天井裏から出た途端、汗が噴き出してきた。

文哉は「ふーっ」と息を吐く。

台所の流しへ行き、急いでうがいをして手を洗う。

天井裏に雨漏りの跡がなかったことは幸いだった。

八畳間の大きな染みのいわば謎が解け、その点はすっきりした。かなり以前の出来事のようだ。

天井裏をしっかり自分の目で見ることによって、床下と同様に、これからの対策が立てられる。自分の家を、自分で守ることができるのだ。

そして、勇気が持てる。

たとえ、夜中に天井裏で不審な音がしたとしても、そこは自分の知っている場所。恐れることはない。未知なる場所を、人は恐れる。

天井裏の次は、屋根だ。

上に登るのには、梅畑の藪のなかで見つけた脚立が役に立った。錆びついてはいたが、脚立は、「おれを使いな」とでも言うように、上手い具合に現れてくれた。

まずは納屋のトタンの波板が張られた粗末な屋根まで上がり、一段高い母屋の屋根に移った。雨で濡《ぬ》れた屋根の表面はまだ湿っている。雨樋はあるものの、枯れ葉がびっしり詰まり、うまく水が抜けていない。青色のトタン屋根は、雨の流れに沿ってペンキが剝げ、赤錆が筋状に浮いている。やはり早めに塗り替える必要がありそうだ。

母屋はトタン屋根だが、増築されたほうは瓦屋根のため、ペンキを塗るのは古い母屋の屋根だけで済む。平屋だから文哉にもできそうだ。

トタン屋根と瓦屋根が重なる部分、雨が避けられるその場所に不自然になにかが溜まっている。落ち葉のようにも見えたが、近づいて確認したところ、消化しきれていない木の実が交じった獣の糞だった。ここを住処としていたのかもしれない。

山際に建つ納屋の屋根には、木々が枝をのばしている。小動物であれば枝から屋根に飛び移るのはわけないだろう。屋根裏へ入る穴がないか調べたが、大きな入口は見当たらなかった。

文哉はあらためて青色のトタン屋根を見つめた。

これからやらなければならない数々の作業を考えると気が重くなった。

しかし、視線を移してみれば、屋根の上からの景色もまた素晴らしかった。

雨上がりの新緑の山々が見渡せた。

この村が、この家が、山に囲まれていることがよくわかる。近くにはそれほど高い山はないが、この家は、まるで山に抱かれているようだ。

涼やかな風が頰を撫で、木々の梢《こずえ》や葉を揺らしている。ちらちらと小刻みに、まるで手を振るように。

「――いいね」

文哉は野鳥のさえずりを聞きながら口元をゆるめた。

――今度の家は、山に抱かれた家だ。

しばらくそこから景色を眺めた。

ふと我に返り、屋根の上から自分の梅畑に視線を移すと人の姿があった。小柄で痩せた高齢の男が梅の木を見上げている。

おそらく、梅の実を見ているのだ。

――だれだろう？

あれはもしや……。

文哉は濡れた屋根の上をもどり、脚立を使って地上に降りた。

「こんにちは」

庭から梅畑に入った文哉は声をかけた。

「生ってるもんなあ」

不思議そうにつぶやきながら梅の枝を見上げているのは、向かいの畑の持ち主、富永菊次郎だった。

「だれかと思いましたよ」

　文哉は笑いかけた。

「なんで屋根に登ってたん？」

「ペンキを塗り替えようと思って」

「自分でやるのかい？」

「ええ、やってみます」

「そうかい。おらん家も、そろそろやらねえとな」

　菊次郎は足もとにのびた草の先をむしった。

「梅、生ってますよね」

　文哉は話をもどした。

　せっかく生った梅の実を目にする度に、なんとかしたい、という気持ちが強くなる。

「おもしれえもんだな。肥やしもくれてねえのによ」

「向かいの畑、菊次郎さんの畑ですよね？」

「そうだいね」

「肥料は定期的に与えてるんですか？」

「もちろんさ。でかい実を採る梅農家は、一本の梅の根元に肥料一袋使うって聞いたぞ」

「そんなに？」

「おらは、そこまでかけんがな」

菊次郎は背を向け、自分の畑のほうへ歩き出した。

「――キクさん」

文哉は親しみをこめて名前で呼んでみた。

「ん？」

「梅のこと、おれに教えてくれませんか？」

「なにを？」

立ち止まり振り返った菊次郎が戸惑い気味に応えた。「おらに教えられることなんてねえさ」

「いえ、ぜひお願いします」

文哉は近寄り頭を下げた。

「――おらバカだからよ」

菊次郎はうそぶいた。「タスクさんにでも聞くといい」

「梅農家の笹山祐さんのことですよね」

文哉は一瞬迷ったが続けた。「じつは頼んでみたんですけど」

「教えねえってか？」

「いえ、そういうわけじゃなくて、この畑では、むずかしいんじゃないかって」

「ふうん」

菊次郎は低く鼻を鳴らした。

「お願いします」

文哉はもう一度頭を下げた。

「だからよ、言ったろ。おらバカだからよ」

小さな目はどこか哀しげにも映った。

「そんなこと言ったら、おれだってバカですよ」

文哉はおどけてみせた。縁もゆかりもないこんな山奥の畑付きの古民家を買ったのだから、とは思っても口にしなかった。

「なにを言う、高校出てんだろ？」

「いや、まあ」

「はあー、大学かい？」

「たいした大学じゃないです」

「それみろ、大卒じゃねえか」

菊次郎は首を横に小さく振った。「おれなんて……」

「キクさん、ウチの梅の品種ってなんだかわかりますかね？」

文哉は話題を変え、本題について触れてみた。

「あん？　こりゃあ、『オウシュク』あたりじゃねえのか」

「それって品種名ですか？」

「そうじゃねえかと思うが、さあ、どうだかな」

首をひねり、視線を泳がせる。

「じゃあ、キクさんの畑の梅は？」

「おらんとこは、『白加賀《しらかが》』だいね」

菊次郎は胸を張った。

わかりやすいリアクションに文哉の口元がゆるんだ。

「それから、小梅がちいとな」

「へえー、小梅も？」

「白加賀だけだと実付きがわるい」

どうやら小梅は、花粉の少ない「白加賀」に実をつけるための授粉樹としての役割があるようだ。

「明日、〝消毒〟する」

菊次郎は唐突に言った。

「そうなんですね？」

「なんなら、一緒にやってみっか？」

「え？」

「消毒しなけりゃ、梅は出荷できねえぞ」

菊次郎は、祐と同じことを口にした。

「そういうものですか？」

「そりゃあそうさ。てめえの家で使うのとはわけがちがう。市場に出すには、『品質』ってもんが求められんのさ」

菊次郎は『品質』を強調した。

「おらん家わかるか？」

「ええ、田んぼや畑のある場所の奥でしたよね」

「じゃあ、朝七時でどうだい？」

「午前中にやるんですね？」

「ああ、午後になったら風が吹く」

「わかりました」

文哉はうなずいたあと思い出した。「それと、キクさん」

「ん？」

「そちらの梅の枝がかなり道に出てますよね？　通るときに車に当たるもんですか

ら」

「ふーん、そうかい」

菊次郎は表情を変えず、「梅の実を収穫したら、切るだいね」と言い残し、道を挟んだ自分の畑に入っていった。

梅の枝の件は、どうやら収穫が終わるまで我慢するしかなさそうだ。

その後、菊次郎は畑をひとまわりして帰っていった。

文哉は畑の境界にある道に出て、向かいの畑の様子をうかがった。

菊次郎の梅畑は、道より一段高くなっている。圃場《ほじょう》には、ほぼ等間隔で梅の木が奥まで生えている。

すでに文哉の畑は日が陰っているが、こちらにはまだ日が差している。山から少し離れているせいだ。梅の生育にとっては、当然日当たりが良いほうがいいだろう。

「白加賀」だと菊次郎が言っていた梅の木の幹はそれほど太くない。樹高は文哉の畑の梅より二メートルは低く、せいぜい四メートル程度に抑えられている。圃場内に篠竹が生えているようなことはなく、地面には所々草が生えているものの、文哉の畑のように高くのびていない。定期的に草刈りをしているようだ。

道まで張りだした梅の枝にも実が付いている。実の大きさは、菊次郎の畑のほうが大きいような気がした。

32

太陽が西に傾き、山から冷気が降りてきた頃、梅畑沿いの坂道を白の軽トラックがエンジン音を唸らせ上ってくるのが見えた。

文哉の家は一本道のどんづまりにある。つまりこの道を使うのは、なにかしら文哉に用事がある者と考えていいだろう。

庭で使っている折りたたみ式の椅子から文哉は立ち上がった。

一日二人以上、客がこの家を訪れるのはめずらしい。だれかと思えば、運転席でハンドルを握っているのは隣の地区に住む猟師の狩野市蔵だった。ここへは初めて顔を見せてくれた。

「ようこそ、市蔵さん」

文哉は笑顔で迎えた。

顎に山羊鬚を蓄えた市蔵は、あたりを見まわしてから黙ってレジ袋を差し出した。

受け取った袋はずしりと重い。なかにはラップに包まれたレンガくらいの大きさの白い塊が見えた。

「これって？」

「冬に捕った〝山クジラ〟さ。一キロある」

「おおっ」

文哉は、市蔵がイノシシを隠語で呼んだのを理解し、声を上げた。白く見えたのは肉の片面を覆った脂身だ。どうやらロースの部位らしい。

「とてもありがたいです」

文哉は素直に思いを口にした。

「梅の枝が、道に張り出してやがんな」

市蔵は煙たそうな表情をした。

「隣の畑の枝なんですよね。すいません」

「こっちの畑は、文哉のもんだな？」

「そうです。さっき隣の畑の持ち主に話したところ、梅を収穫したら切るそうです」

「なに言ってやがる。道に出てんだ。さっさと切っちまえばいいんさ」

市蔵はめずらしく声を荒らげた。

文哉が家に案内しようとしたところ、「ここでいい」と市蔵は答え、庭のつくりかけのウッドデッキに腰かけてしまった。

文哉としては屋内の現状を見てもらいたかった。突然のことでもあり、うれしさ半分、なにを話すべきか思いつけない。どこか不機嫌そうな市蔵の態度も気になった。

「倒れそうな木ってのは、あいつかい？」

夕暮れの迫った山を市蔵が見つめる。

「ええ、そうなんです」

同じ方向に視線を送った文哉は、淡い紫色の花が枝垂《しだ》れ咲く斜面を見上げた。

「かかり木になってんな。あのままじゃ、うまくねえ」

市蔵の低い声がする。

「どうしたらいいですかね？」

「倒れかけているあの杉はまだ生きてるが、切り倒すしかねえ。問題は、あの木だけじゃねえ。手を入れなきゃ、ほかのもいずれ倒れるぞ」

「ほんとですか？」

「わからねえか？」

並んだ背丈が文哉の肩ほどしかない市蔵は、両腕を組んだまま動かない。

「なにか問題が？」

文哉は問い、「わからないです」と正直に答えた。

「問題は、花を咲かせてるやつさ」

「あれって、なんの花なんですか？」

「藤さ」

「え？　藤って、公園とかにある棚で咲いてる、あの藤ですか？」

「そうさ。ありゃあ、山藤さ」

「なんだ、そうか」

文哉は感心した。どうりで美しく見えたわけだ。

「おまえさんにはどう見える？」

「どうって？　いや、すごくきれいだなって思ってました」

文哉の言葉に、市蔵がふっと息を抜いた。

「あの杉が傾いだのは、そもそもあの藤のせいだいね」

「え？　そうなんですか？」

文哉の声が大きくなった。

「藤ってのはよ、ツル植物さ。自分の力だけじゃ、あんなに高くのびてはいけねえ。そんで、ほかの木の幹にぐるぐる巻きついて、光を求めて上へ登る。巻きつかれた木の幹は締めつけられておかしなかっこになっちまう。そんで、藤のツルや葉に覆われちまうのさ」

「てことは、光合成ができなくなるってことですね」

「そうだいね。変形した木は、木材としては使いものにならねえ。そればかりか弱っちまう。強い風や積もった雪の力で幹や枝が折れ、最期には枯れ死にさ。見た目にはきれいな花を咲かせるが、藤ってのは、そりゃあ厄介で恐ろしくもあんのさ」

——知らなかった。

見た目だけで判断していた。

「じゃあ、すぐ藤のツルを切ります」

「いや、待ちな」

「え？」

「山を知るには、まず自分の眼でよく観《み》ることだ」

市蔵は身じろぎもせずに尋ねた。「山にはもう入ったんか？」

「いえ、まだ」

文哉の声は小さくなる。「やめとけって、村の人からも言われたんで」

「ふん」

市蔵は鼻を鳴らした。

「そりゃあ、山はおっかねえさ。山って言っても、ここらの山は、登山道なんてもんが整備されてるわけじゃねえ。それでも昔は入ったもんさ。山には、お宝があるからな。けども多くのもんが年取って、今じゃ、入るもんがいなくなった」

市蔵は一転穏やかな口調で続けた。「でもよ、それじゃあ、いつまでも山はわからねえぞ」

「たしかに、そうですよね」

文哉は突っ立ったままうなだれた。

──なんのためにここに家を持ったのか？

市蔵にそう問われている気がした。

「藤のツルの状態をよく見て、蟬《せみ》がわんわん鳴く頃になったら根元で切れ」

少し間を置いて市蔵が言った。

「真夏ですね」

「ああ、木を枯らすには、水をたくさん吸い上げる季節がいいんさ」

「なるほど」

「この山は、ここの畑と一緒だな。ほったらかしで人が入ってねえ。人が使うためには、そのままってのは、うまくねえのさ。山ってのはおもしろいもんでよ、そこで生きる動物によって変わるんさ。人も動物だいね。山は、文哉が入れば、おまえの山に変わっていく。文哉の山になるんさ。そりゃあ不思議なもんでな」

──おれの山になる。

その言葉はとても魅力的だった。

「自然のままがいいわけじゃないんですね？」

「まあ、そうだが、そうでもねえ」

「え？」

「人も動物。人間も自然の一部だからな」

「あ、そうか。そうですよね」

文哉はうなずいた。

「そのことを忘れたもんが、力任せに愚かな真似すりゃあどうなるか。この世で起きてる自然災害とやらを見りゃあ、それはもうわかりきった話だろう」

「そうですね」

「畑だって同じだいね。幸吉つぁんがやってたやり方を教えてもらったんだろ？」

「教えてもらったというより、見よう見まねですけど」

「それでいい」

市蔵はうなずいた。

文哉には理解しきれぬ部分もあったが、市蔵の言葉は腑《ふ》に落ちる点が多かった。

文哉もウッドデッキの基礎、大引きにあたる角材に並んで腰を下ろした。

「どうだい？　少しはこっちに慣れたかい？」

市蔵がようやく山から視線を外した。

「いえ、まだまだです」

文哉は首を小さく横に振った。

「なにかあったんかい？」

「そういえば、この家で夜中に妙な声を聞きました」

「ん？　どんな？」

文哉はあの夜のことを話した。

「イトさんに聞いたら、フクロウか、さかりのついた猫じゃないかと」

「いや、ちがう」

市蔵は断言し、耳慣れない名前を口にした。

「『ヌエ』？　ですか」

文哉は聞き返した。

「ああ、漢字なら『夜』の『鳥』と書く、『鵺《ぬえ》』さ」

「夜に鳴く鳥なんているんですね？」

「昔は妖怪だとされてたらしい」

「妖怪？　けど、まさにそんな感じの声でした」

「『鵺』というのは、妖怪の名さ。恐ろしい鳴き声だからな。おらもこないだの晩、ひさしぶりに声を聞いた」

「市蔵さんも聞いたんですね？」

「鵺ってのは、頭は猿、からだは狸《たぬき》、尻尾は蛇、足は虎みたいな化け物だと言われてたらしいが、正体は、『トラツグミ』さ」

「ツグミという鳥の名前は聞いたことあります。その仲間ですか？」

「ああ、夜中に鳴くんで気味わるがられる実在の鳥だいね」

「へー、そんな鳥がいるんですね」

「イトさんは知らんだけさ。さっきの話じゃねえが、山奥に住んでるからといって、山を知ってるわけじゃねえ」

「そうなんですね」

言わんとすることは、なんとなくわかった。

文哉はこの家の天井裏に入ったときのことを思い出した。足を踏み入れなければ、そこはいつまでも未知なる場所のままだ。山も同じことだ。

台所で聞いた唸り声については、「たぶん、イノシシだろう」と市蔵に言われた。夜中に行動しているイノシシは、人の気配に敏感らしく、市蔵も唸り声を上げられたことが何度もあるという。

いずれの正体も市蔵の話を聞くと納得できた。

「もちろん、別のもんかもしれねえがな」

市蔵は山羊鬚を右手でしごくようにした。

山のことは、この地で長く猟師を続けている市蔵に聞くのがよさそうだ。

――では、幸吉の亡きあと、畑のことは誰に教えを請うべきなのか？

文哉は思わず考えこんでしまった。

答えは簡単に出そうもない。

「それにしても南房総とこっちを行き来するのも、てえへんだな。それこそ、本気で畑をやるとなりゃあな」

市蔵が話題を変えた。

「それは、来て感じました。畑を持った以上、やっぱり……」

「仕事はどうする気だ？」

「できれば農業で稼ぎたいですが」

「そいつは、この畑だけじゃ無理ってもんだろ。ここいらの年寄りは年金もらってっから、やっていけるけどな」

「そういうことですか」

「まあ、ここはいちおう梅畑だからな。とはいえ、もとにもどすのはよいじゃねえぞ。どうする気なん？」

「市蔵さん、この梅畑というのは」

文哉は言いかけて口をつぐんだ。

回覧板の順番表らしき紙に載っていた氏名、狩野作太郎のことを思い出したからだ。

同じ苗字である市蔵との関係を問おうとしたが、尋ねるのはまだ時期尚早な気がした。市蔵から言い出すのを待つべきなのかもしれない。

「この梅畑なら——」

市蔵が言葉を継いだ。『白加賀』だいね」

「え？　そうなんですか？」

「そうさ。『白加賀』、それと、そう、『月世界《げっせかい》』という品種さ」

「よくご存じですね？」

「昔、聞いたことがある。このあたりで一番多い梅が『白加賀』さ。江戸時代からある伝統の品種だいね。ただ、この梅畑は山に近いんで、花の咲くのが遅い。出荷が遅くなれば、そんだけ値が下がる。それもあって、もう一種類、花が咲くのが早く、実も収穫できて、『白加賀』の授粉にも使える『月世界』を選んだって話さ」

「梅の値段って、出荷の時期でそんなにちがうものなんですか？」

「そりゃあ、そうさ。初荷というのは、なんでも高値がつく、そういうもんさ」

たしかに夕張《ゆうばり》メロンの初競りで一玉が数百万円の値が付いたというニュースを以前テレビで見たことがある。

「じゃあ、この梅は、『鶯宿《おうしゅく》』ではないんですね？」

「だれがそんなこと言った？」

「いえ、まあ」

「ああ、キクのやつか？」

「ええ、さっき会って聞きました」

「へっ」

市蔵は小さく笑った。

『鶯宿』ちゅう梅も昔からある梅だが、そんな話は聞いたことねえ」

「市蔵さん、梅に詳しいですね？」

「なーに、ここは梅の産地だからな。詳しくもなるんさ」

それにしても、と文哉には思えた。

「畑にイノシシは入ってねえか？」

「それが、最近ではないですが、入ってたみたいで」

「まあ、柵もねえんだからな」

「そうですね」

文哉は小さくうなずいた。

あらためて、やらなければならないことが山ほどある気がした。

「──ひとつ、頼みがある」

市蔵の口調が変わった。

そんな言葉を市蔵の口から聞くのは初めてだった。

「庭にある、この木なんだがな」

市蔵は山際の納屋のほうへ並んで生えている、見てくれのよくない高さ二メートルほどの庭木を指さした。

「なにか？」

「──切らんでくれ」

「え？」

「今じゃ、この辺りの山でもめずらしくなったミツバツツジさ。こいつらだけは、切らねえでくれねえか」

「そうなんですか……」

文哉はその木に近づいてみた。

樹冠の部分に枯れ葉がつもり、枯れたツルに覆われている。この木が花を咲かせるとは思ってもいなかった。それに街でよく見かける植え込みのツツジと比べて、やけに大きい。

市蔵に言われなければ、処分していたかもしれない。並んだ三本を切れば、車一台分の駐車スペースにはなりそうだと思っていた。

文哉は「わかりました」とだけ返事をした。なぜなら、市蔵の声色は、そのときだけやけに湿っぽかったからだ。

「じゃあ、またな」

市蔵はかるく右手を挙げ、軽トラックに乗り込んだ。

バックしてターンした軽トラックの荷台には、赤字で記された「有害鳥獣捕獲隊パトロール実施中」のステッカーが貼り付けてあった。

33

いつものように野鳥の鳴き声で目覚めた文哉は、山の端《は》から昇る朝陽を庭から眺めたあと、閑沢川に架かった短い橋を渡り、菊次郎の家を訪ねた。

〝消毒〟と聞いて、上着にはフード付きの雨合羽を着用。帽子をかぶり、いつも使っている手袋を用意した。

菊次郎の家は、文哉や市蔵の家のように山際に近い。家の周囲にきちんと塀や柵がめぐらされているのは、市蔵の家と同じだ。二階建ての母屋とは別に広めの納屋と漆喰塗りの蔵がある。

庭の物干し台には、野良着の類いが干されていた。

「おはようございます」

玄関には呼び鈴はなく、文哉は声をかけた。

しばらくして引き戸が開き、菊次郎と同年代の小柄な女性が顔を出した。

「あの人なら、納屋だよ」

「お世話になります」

文哉は頭を下げた。

「あんたかい、千葉から来たってのは？」

文哉は名前を名乗り、挨拶した。

「若いねえ」

菊次郎の奥さんらしき人は言った。「梅のことだけど、あの人に、教えられることなんてないよ。みんな自己流だからね。それにウチの梅はね、遊びじゃねえんさ」

そう言うと、引き戸が閉まった。

呆気《あっけ》にとられた文哉だったが、すぐに我に返った。これくらいのことはいつか言われると覚悟していた。おそらく最初に釘《くぎ》を刺したのだ。顔は笑っていなかった。かといって、怒気を含んでいたわけでもない。

「遊び」と言われたことは心外だ。でも理解されるには時間が必要だ。あるいは「遊び」とは、金にならない、という意味かもしれなかった。

菊次郎は納屋の前にいた。挨拶を交わし、女性に会ったと文哉が言うと、「ああ、かあちゃんだ」と答え、それで話は終わりになった。菊次郎自身も、奥さんからなにか言われたのか口数が少ない。

「さあ、はじめるとすっか」

菊次郎の切り替えの言葉で、さっそく〝消毒〟の準備にとりかかった。

まずは納屋の奥にある黄色い大型タンクを二人で運び出し、軽トラックの荷台に載せた。

続いて、動力噴霧機を積みこむ。

菊次郎の所有する〝動噴〟は、ガソリン・エンジンによってポンプを動かし、タンク内につくった大量の農薬をホースで吸引し、専用のノズルから霧状に撒布《さんぷ》する装置だ。噴霧器には、手動の蓄圧式、電動の背負い式などあるが、広い畑に農薬を撒布する場合は、「このタイプが必要なんさ。力がねえと、上のほうまで届かねえからな」と作業の手を休めずに菊次郎は説明した。

年季の入った動噴はかなりの重量がある。巻取機に収められた専用ホースは文哉がひとりで持ったが、これも重い。最後にホースの先に取りつける長さ一メートルほどの噴霧用のノズルを載せた。

「おい、あんちゃん、タンクに水入れるぞ」

「水道どこですか?」

「あん？　水は川からもらうんさ」

菊次郎は電動ポンプを用意し、ホースをのばして家の裏を流れる用水路へ向かった。流れる水は、閑沢川から引いているらしい。

菊次郎はそこに置いてあった古びた板を水路のU字溝にはめ込んだ。板によって流れが堰《せ》き止められ、水が盛り上がる。そこへ、ネットをかぶせたフィルター付きの吸水ホースの先がドボンと沈められ、電動ポンプのスイッチが入る。ポンプのモーターの苦しそうな振動音が朝の静寂を破り、水路の水がどんどんタンクへ汲み上げられていく。

――なるほど。

文哉はその様子を眺めながら感心した。

これなら水代はかからず、使い放題。これも昔からのやり方であり智恵だ。水は水道から出るもの、あるいはコンビニで買うものと考えている街の人間には思いつけない。

数分後、タンクに約四百リットルの水が溜まった。

そこに〝消毒〟に使う薬剤を投入する手順らしい。

「これ、どんだけ入れりゃあいいんだ？」

菊次郎が納屋からレジ袋をぶら下げてもどってきた。

レジ袋には薬剤が二種類入っていた。ひとつはボトル、もうひとつは使いかけの袋入りだ。

文哉は、カタカナの薬品名の上に「殺虫・殺菌剤」と大きく印字されたボトルの裏書きを読んだ。「成分 硫黄 希釈倍数 梅 五百倍」。やけに小さな文字で書いてある。

「てことは、どうなん？」

「え？」

文哉は思わず声を漏らした。

「いつも使ってるんですよね？」

「まあな」

菊次郎は目を泳がせた。

「ちょっと待ってくださいね」

文哉がスマホを取り出した。幸いここは電波が届いている。「農薬希釈倍数」で検索したら、「希釈倍数早見表」なるサイトを見つけた。

「この農薬は、希釈倍数が五百倍で、タンクの水が四百リットルですから、八百ミリリットルですね」

「そうかい。じゃあ、こいつで量ってみてくれ」

「おれが？」

「いいから」

「あ、はい」

文哉は手渡された計量カップの目盛りを見つめながら慎重に薬剤を注いだ。ドロドロとした淡黄色の液体は、独特な硫黄のにおいがした。

「こっちも頼む」

「これは？」

「最初のは『黒星病』のための薬でよ、こっちはアブラムシなんかに効くんだろ」

「アブラムシが出てるわけじゃないですよね？」

文哉は疑問に思い尋ねた。

「まずは予防だからな」

「そういうものなんですね。このあたりって、梅の葉にアブラムシがよく発生するんですか？」

「いや、最近はついたことねえな。梅の葉よりうめえもんが増えたんじゃねえか」

菊次郎は笑いながら言う。

「それでも農薬を撒布するんですね？」

「そりゃあ、出てからじゃうまくねえ」

文哉は小さくうなずき、同じように袋の裏書きを読んだ。「医薬用外劇物」と赤字で記されている。

「ところでこの薬って、混ぜてもいいんですかね？」

「一度で済むからな」

「そういう問題じゃなくて」

文哉は言いかけた。二種類以上の薬剤を混ぜることによる効力の低下だけでなく、薬害を心配したからだ。

「ほれ、詳しくはここに書いてある」

菊次郎が見せてくれたのは、「ウメ病害虫防除暦」なる印刷物だった。年度は二年前のもので、「防除期間」「基準薬剤」「使用時期」「10アール当たり撒布量」「主な対象病害虫」「注意事項」などが一枚の表になって示されている。一番左には「回数」とあり、「特」とあるのは特別な撒布らしく、それを除けば、合計九回の農薬撒布計画になっている。

――梅の栽培には、こんなに農薬を使うのか。

文哉は正直驚いた。

病害虫の多いリンゴ栽培においては農薬撒布が十回以上ある、という記事を以前読み、衝撃を受けた。それ以来、リンゴの皮は必ず剥《む》いて食べるようになった。しかし、この防除暦では、皮も食べるはずの梅が九回もある。

梅は、果樹栽培のなかでも比較的手間がかからない、という印象を文哉は持っていた。実際にそのような記述も目にした。ビワ栽培のように袋掛けをすることもなく、ブドウのように棚をつくったり、摘房や種なしにするためのジベレリン処理を施したりするわけでもない。農薬についても、あまり必要ないものと考えていた。

印刷物の但し書きには、「この防除暦は、薬剤選定や防除計画のあくまで参考資料である」とある。「農薬の使用は使用者責任となります」という文言もあった。

「資料では基本的な農薬撒布は九回になってますけど、キクさんのとこは？」

文哉は尋ねてみた。

「ウチはそんなにやられねえさ。農薬だって、タダじゃねえからな」

菊次郎は真面目な顔で答えた。

もちろん、農家にとって経費は大きな問題だろうが、話がかみ合っていない。

黙った文哉に、「おらだって使いたかねえ」と菊次郎は少し怒ったような口調になった。

「ウチはよ、梅を収穫したら、あとは春までやらねえ。なにも起きなきゃな。〝消毒〟は花が落ちてからはじめるんさ」

そうであれば、「ウメ病害虫防除暦」における「カイガラムシ類」「かいよう病・ハマキムシ類」「越冬病害虫・かいよう病」などを対象とした四回の防除が除外される。

残りは五回となるはずだ。

「じゃあ、何回ですか？」

文哉はつっこんでみた。

「おらんとこは三回だ」

「それでも三回は必ずやるんですね？」

「なに言っとる。タスクさんとこなんか、白加賀は四回、南高なら五回やるって話だぞ」

どうやら撒布回数は農家によって異なるらしい。つまりは自己判断というわけだ。

それはそうだろう。栽培環境はそれぞれの圃場によって異なるのだ。

「梅って、いつ頃花が散るんでしたっけ？」

「ウチの梅なら三月の終わりさ」

「出荷がはじまるのは？」

「毎年、五月の二十五日頃だいね」

ということは、約二ヶ月のあいだに菊次郎は三回の〝消毒〟をする。祐は四回から五回。

「もちろんなにかあったら、そんときゃ薬を使うさ。あんちゃんとこも、梅を出荷するなら〝消毒〟せんとな」

「すれば、ウチの梅も出荷できますかね？」

「農協に出すなら、会員になるんだな」

「やはり農協ですか」

「ああ、なんだかんだ言っても頼りになるのは、農協サマよ。『栽培履歴』ってもんを出すように言われるだろうがな」

「『栽培履歴』？」

「どんな薬をいつ何回使ったか書き込むんさ」

「提出しなければダメなんですか？」

「まあ、初めてだからな。一回も〝消毒〟してねえのは、マズいんじゃねえか」

それは防除暦に沿って栽培するしかない、ということだろうか？

――でも、出荷できるのならば。

文哉は思ってしまった。

つまりは、金になるのであれば――。

今の文哉には生活の余裕はない。自分の家と畑を買うために貯金はほぼ使い切ってしまった。お金を稼ぐ必要があるのはまちがいない。

これまで自分で食べる野菜を育てる上で、農薬は使った経験がない。幸吉の目指した自然に沿ったやり方で、失敗しながらも、なんとか食べるものを畑から得てきた。

しかし梅をお金に換えるには、ここでは農薬を使うのがあたりまえのやり方なのだ。

自分がまず知るべきなのは、梅の実を出荷するためのやり方のはずだ。それこそ、この地における慣行栽培、つまりは、菊次郎や祐の方法だろう。

「どうだ？　量れたかい？」

菊次郎が手元をのぞきこむ。

「ええ、これで基準の量になりますけど」

「そうかい。助かった」

菊次郎は自分でたしかめもせずに薬剤をタンクに投入し、近くにあった棒きれでかきまわした。

「この農薬ってどこで売ってるんですか？」

「農協さ」

菊次郎は即答した。

――なるほど。

そういう仕組みでもあるわけだ。

「けど、二つ目に入れたのは危ねえ薬だから、買うときに書類を書いて、ハンコつかなきゃ売ってもらえねえぞ」

「え？　そうなんですか」

ならば、当然扱いには注意が必要だろう。文哉は手袋もせず、マスクもつけていなかった。菊次郎にしても。

──そんな薬を、なんで自分なんかに。

さらに疑問に思ったが、文哉は教えてもらう身であり、余計なことは言わずにおいた。

34

準備を終え、菊次郎がハンドルを握る軽トラックが向かったのは、文哉の向かいの畑ではなかった。

「あっこは、一反ちょいしかねえが、こっちの〝梅原《うめばら》〟は二反ある。日当たりもいい」

「じゃあ、菊さんの梅畑は合わせて三反ってことですか？」

「そんなとこだ」

菊次郎の所有する農地は、梅畑だけで三反、九百坪あり、先日直したイノシシ避けの柵のなかにも畑を持っていて、さらに家の地続きの土地でも野菜をつくっているそうだ。

「田んぼは？」

「減反《げんたん》のときにやめた」

「減反って、米の生産を減らすための政策ですよね？」

「ああ。今は畑として使ってる。柵のなかにあるのがそうだ」

畑のほかに山もあるとのこと。

軽トラの荷台に上がった菊次郎は、動噴のスタートロープを何度か引き直し、エンジンをかけた。

「いいか、ホースをおらのほうへ順繰りに送ってくれよ」

臙脂色《えんじいろ》の雨合羽の上下に麦わら帽子をかぶった菊次郎は、銀色の長いノズルを手にして沿道にある梅畑に入っていった。足もとは紺色の足袋、いつの間にか目には保護用のゴーグルをはめ、ビニール製の手袋をしていた。

〝消毒〟と称する行為には、それなりの安全対策が必要であることはまちがいなさそうだ。

文哉は荷台の巻取機からホースを引き出しては、畑のほうへ送り出していく。けたたましい動噴のエンジン音の鳴り響くなか、〝消毒〟がはじまった。銀色のノズルの先から希釈された農薬が白い霧状になって、梅の葉や枝に降り注ぐ。

文哉はその作業を離れた場所から見ていた。

場所を移動し、文哉の向かいの畑での〝消毒〟が続いた。

背の低い菊次郎はなんとか高い位置まで農薬をかけようと腕をのばす。高齢の農夫にはかなりの重労働だろう。曇って見えにくいのか、撒布の途中でゴーグルを外してしまった。

作業中、菊次郎はかなりの量の農薬をかぶったようにも見えた。撒布が終わったあとは、菊次郎の雨合羽は雨のなかを歩いてきたように濡れていた。

「やり方はわかったろ?」

さすがに菊次郎は疲れた様子だ。

「ええ、だいたいのことは」

「薬がまだ余ってる。やってみるかい?」

「ウチの畑ですか?」

「ああ、道具がなけりゃあ、できねえもんな」

「使わせてもらっていいんですか?」

「いいさ」

菊次郎はうなずき、軽トラックを文哉の家の近くまで移動した。

突然の提案に戸惑いつつ、文哉はノズルを手にして梅畑に立った。実際に自分でやってみてわかったのは、〝消毒〟はそう簡単なものではない、ということだ。

高くのびてしまった梅の木の枝や葉にまんべんなく薬を吹き付けるのは至難の業だ。風向きが変われば、容赦なく自分の身に農薬が降り注いでくる。ノズルの先から垂れてくる液体でゴムと布地でできた文哉の手袋はびしょ濡れになった。帽子をかぶっていたが、ゴーグルはそもそも持っていなかった。マスクだって必要な気がした。

およそ圃場の三分の一の梅の木に撒布をしたあと、ノズルが急にかるくなり、白く煙る噴霧が途絶えた。

気がつけば動噴のエンジン音がしない。

タンクのなかの農薬が尽き、それに合わせて菊次郎がエンジンを止めたのだ。

梅畑が静寂に包まれた。

あたりを見まわした文哉の耳には、いつもは聞こえる野鳥の声やハチの羽音が聞こえなかった。

――梅畑が沈黙していた。

気がつけば、自分が撒いた農薬が、これまで口にしてきたタラノキや山ミツバにもかかってしまっていた。

軽トラックを文哉の家の庭に入れた菊次郎は、かるくなったタンクを荷台の端まで動かした。なにをするのかと見ていたそのとき、タンクの下にある栓を回して抜いた。

文哉はあぜんとした。

菊次郎がタンクを揺すり、排水口に集められた液体が流れ出し、地面に染みこんでいく。

「なにやってるんですか？」

文哉は声をかけた。

「水抜きさ」

「いや、これって、水じゃないでしょ」

「あん？」

「農薬じゃないですか」

「へへっ」

菊次郎は照れ隠しするように笑った。

「ここはウチの庭ですから」

文哉は語気を強めた。

「あと少しなんだけどな」

すでに手袋を外していた菊次郎は農薬で手を濡らしながら栓を閉めた。その手がわなわなと震えている。

「でもよ、余ったもんはどっかに捨てなきゃならねえ。川に流すわけにもいかねえだろ」

「そりゃあ、そうですけど」

文哉は首を横に振り、顔をしかめてみせた。

あまりにもぞんざいな農薬の扱い方に怒りが沸いた。

「こんなやり方、まちがってますよ」

黄土色の水たまりを見つめながら、思わず言ってしまった。

菊次郎は反論することなく、そそくさとあと片付けを進めた。

「それから、今日の代金だけどよ」

菊次郎が話を変えた。

「え?」

「この畑も〝消毒〟したわけだからな」

「まあ、途中ですけど」

「タダっちゅうわけにはいかんわな」

菊次郎は薄く笑っている。

農薬撒布後のやり方には腹が立ったが、もっともな話ではある。

「〝消毒〟に使った薬代。それから、動噴の燃料代。道具もおらのを使ったわけだしな」

「では、おいくらですか？」

文哉は恐る恐る尋ねた。

「――そうだなあ」

菊次郎は首をひねってから、「千円くんない」と言った。

「千円でいいんですね？　わかりました」

文哉は安堵した。

薬品代や燃料代がいくらなのかわからない。それでもやり方から教えてもらえたわけで、その場でお金を支払った。授業料と思うことにした。

菊次郎は受け取った千円札を四つ折りにし、拝むような仕草をしたあと胸ポケットに仕舞った。器具の洗浄や片付けはこのあと自分でやるからと菊次郎は言った。

「菊さんは、いつもこれをひとりでやってるんですか？」

気になっていたことを文哉は尋ねてみた。

「少し前まではかあちゃんが手伝ってくれたがな。今はひとりさ」

「奥さんは？」

「腰や膝をわるくしてからは、あまり畑へは出ねえ」

「そうなんですね」

「口だけは達者だけどな」

菊次郎は苦笑いを浮かべた。

もし、慣行栽培で梅を出荷するなら、文哉もまた自分ひとりでやるしかない。今やったことを、凪子にやらせるつもりはなかった。

「お大事にしてあげてください」

文哉は年配者に対する自分の態度を反省しつつ、穏やかに言葉をかけた。

「また、やるかい？」

「え？」

「〝消毒〟さ」

菊次郎は表情をゆるめた。

「そうですね……」

文哉は一瞬迷ってから、「そのときは、事前に声をかけていただければ」と返事をした。

「あいよ」

うなずいた菊次郎の両眼は真っ赤に充血していた。

35

黄色いタンクを載せた軽トラックを見送ったあと、文哉はぐっしょり湿った手袋を外した。

両手はふやけていた。

それだけでなく、黄土色に変色している。生地を通して農薬が浸透したせいだ。

台所の錆の浮いたシンクで石鹸《せっけん》を使って手を洗っても色は落ちなかった。手の甲の皮膚がまだら模様に染まっている。

鏡に顔を映すと、自分の眼も赤かった。

水で眼を洗いながらため息をついた。

準備不足は否めなかった。

その点は、〝消毒〟を体験したいがための軽率さが原因だ。服をすべて着替えてからも、からだが硫黄臭い。

今日、実際に初めて〝消毒〟を経験し、疑問が残った。

文哉は自分なりには準備したつもりだったが、農薬撒布には、農薬専用の防除服や防護マスクが必要なのだ。しかし、菊次郎を見て感じたのは、必ずしもそのことが現場では徹底されていないという生々しい現実だ。

安物のゴーグルでは曇ってしまい、使いものにならないことは菊次郎を見ていて明らかだ。単に準備不足だけで片付けることはできない。安全性の高い防除服や防護マスクを用意するには、まず金が要る。

使用方法や決まりを守っていれば農薬は安全とされているが、別な次元でそうとは言い切れない気がした。

――おらバカだからよ。

菊次郎の言葉を思い出した。

それは言い訳なのか、あきらめなのか。

菊次郎が自分に農薬の分量を量るよう求めたのは、自信がなかったせいかもしれない。農薬の安全性の前提は、そんな個人に委ねられているとも言える。それは最早、神話のような世界ではないだろうか。

けれど文哉は、菊次郎を責める気にはならなかった。

今日、文哉と菊次郎は使い方さえまちがえなければ安全とされる農薬をたしかに浴びた。農薬の霧を吸い込んだ可能性も高い。眼にも入ってしまった。農薬との接触は避けるべきだが、それにはいろんな意味で限界があるような気がした。それをくり返せばどうなるだろうか？

スーパーの青果売り場には工業製品のごとく傷ひとつ無い農産物が並んでいる。消費者はそれをあたりまえのことと受け止めている。しかし、それを実現するためには、多くの犠牲が田畑に立つ者たちに強いられているようにさえ思えてしまう。

「おらだって使いたかねえ」

そう口にした菊次郎の顔が脳裏に浮かんだ。

まだら模様の手を見つめ、心配になった文哉は、使った農薬について調べてみた。

「安全使用上の注意」にはこう書かれていた。

「撒布時は防護マスク、不浸透性手袋、不浸透性防除衣等を着用する。撒布液を吸い込んだり、浴びたりしないように注意。作業後は直ちに手足、顔等を石鹸でよく洗い、洗眼、うがいをして、衣服を換える。作業時の衣服等は他と分けて洗濯する。眼に入った場合には直ちに水洗いし、眼科医の手当を受ける」

ここに書いてある「安全使用上の注意」とは、撒布者である人間に対してのものだ。

〝消毒〟とはうまく言ったものだ。

意味としては、まったく逆のような気がした。

人間であれば、農薬を浴びたら、それこそ病院へ行くことさえ推奨されている。

――では、そんな農薬をまともに浴びせかけられる植物、農作物は果たして無事でいられるものなのだろうか？

彼らは当然ながら直ちに水洗いされることなどないし、もちろん医者の手当も受けない。植物だけではない。畑のなかには多くの生物が暮らしている。近くには山も民家もある。

〝消毒〟という言葉は、毒を消すと書くわけだが、人間の都合だけで表した言葉のような気がしてならない。農薬を浴びれば、害虫とされるアブラムシだけでなく、多くの生き物が死ぬ。それこそ果実や野菜をつくるための受粉を担うハチにしたって。

それは、農薬が〝毒〟だからだ。

毒を浴びた虫を鳥が食べたら――。

文哉は農薬撒布後に感じた、梅畑の沈黙を思い出した。

農薬の安全性は確保されているように世の中では言われるが、果たしてどうなのだろうか？

――おかしいよ、こんなの。

文哉は力なく首を横に振った。

少なくとも自分は、こんなことをするために、ここへ来たわけじゃない。

36

食欲がたいしてわかず、カップ麺での簡単な昼食をとったあと、手つかずだった納屋の整理をはじめた。それほど多くはないが残置物があった。プラスチック製の大きな黄色の樽。柄の長いくたびれたホウキ。昭和感漂うレトロな扇風機。初めて見るサイズの大きなヤカン。使いかけらしきペンキの缶。立て看板のようなものが二本。使えそうもないものばかりだ。

作業後、文哉は思い立ち、家から一番近くにある温泉に向かった。すでに一週間以上風呂に入っておらず、〝消毒〟あとのからだのにおいが、どうにも気になった。

約十分、軽トラックで山道を走った。途中、左手にギザギザの稜線《りょうせん》を描く妙義山が大きく見えた。

──こんな山奥に温泉があるのだろうか。

心配になりかけた頃、不意に山里が現れ、清流の橋を渡ると、目当ての日帰り温泉にたどり着いた。

鄙《ひな》びた平屋の温泉施設は自然豊かな渓流沿いに建っている。加水や加温、塩素消毒などを行わない、いわゆる源泉掛け流しらしく、秘湯の趣さえあった。料金は六百円。

「男湯」と白抜きされた藍染めの暖簾《のれん》をくぐった先、こぢんまりとした脱衣所には平日のせいかだれもいない。壁面にあるのは料金返却式の百円ロッカー。受付での入館料支払いの際、百円玉を使い切ってしまったため、両替機を探したが見当たらない。

しかたなく受付にもどり事情を話したところ、無口そうな中年男性が「帰りに返してください」とだけ言って、百円玉を差し出した。都会ではあり得ない対応に気持ちがほぐれた。

全裸になり、ロッカーの鍵を手首に巻いて浴室に入る際、あたたかな湯煙に迎えられた。十席ほどの洗い場と六畳ほどの内湯には、文哉のほかに人影は見当たらない。

まずは入念に髪とからだを洗った。全身を湯船に浸けるのはひさしぶりのことだ。

「はあ――」

内湯に入り、余分な空気を抜くように大きく息を吐く。

疲れて硬くなっていた筋肉が湯のなかでゆるんでいくのがわかった。なんとも言えぬ気分になる。

街で暮らしていた頃はあたりまえと思っていた風呂に入るという行為が、こんなにも幸せに感じられるとは。

このところ毎日埃にまみれ、汗を流す仕事に励んだ。

夜は寝袋で縮こまるように眠る日が続いていた。

──やっぱり風呂はいいなあ。

しみじみ思い、両手で掬《すく》った湯を顔に押しつけるようにした。

十分ほどゆったり内湯に浸かり、続いて、曇ったサッシドアの向こうに見える露天風呂に向かった。

温まったからだが山の外気に触れ、清々《すがすが》しい。

露天の岩風呂は意外にも内湯より広かった。

「いい感じじゃん」

思わずつぶやくと、湯煙の奥に先客がひとりいた。

文哉は静かに湯に足をくぐらせ、先客とは反対側の屋根の外にある岩の窪みにからだを沈ませた。近くを流れる清流の音に、ときおり野鳥の声が重なった。木々の隙間から見える空は夕暮れが迫っている。

「──どちらからですか?」

湯煙の向こうから声がした。

「ああ、こんにちは」

文哉はかるく頭を下げた。

千葉の南房総からです、と答えそうになるが、「上閑沢です」と答えた。

「ほう、それは近くていいですね」

頭にタオルを載せた年輩の男性がうなずいた。

「どちらからですか?」

気分がよかった文哉は尋ね返した。

「私は富岡《とみおか》です」

「あの製糸場のある?」

「ええ、といってもウチは山のほうですがね。向こうにもいい温泉があるんですよ。でも、ときどきこっちに足を運びます。ここは人も少ないから」

「そうみたいですね」

「おや、初めてですか?」

「ええ、こっちに家を買って間もないものですから」

「ほー、そうですか。私は四年前にこちらにもどってきたんです。会社を定年してね」

湯煙の奥で男の表情がゆるむのがわかった。

「ではご実家に?」

「古い家なんでね、いろいろと直すのに散財しました。それこそ風呂もね」

「いいですね、ウチは風呂がまだ使えないもんで」

「それで温泉に?」

「そうなんです」

うなずいた文哉は、興味を覚え尋ねてみた。「失礼ですが、お風呂のリフォームはおいくらぐらいかかりました?」

「じつはね、ふつうの風呂じゃないんですよ」

「というのは?」

「薪風呂にしたんです」

「へー」

思わず文哉は男の顔をのぞきこんだ。

「ただね、金がかかりました。ふつうの風呂より高くつきましたよ。八十万円くらいかな」

「そんなに?」

「でもね――」

「――でも?」

「いいんですよ、その薪風呂が」

男の目尻がたしかに下がった。

「そうなんですね」

「ええ、昔入っていたからかもしれませんが、どうしても薪風呂にしたくてね。じつにいいんですよ、薪で沸かしたお湯というのは」

「そんなにちがうもんですか？」

「まったくちがいます」

男は断言した。「からだの温まり方もね。芯から温まるというか、真冬でもしばらく裸でいてもポカポカしてます。それこそ、我が家にいながらにして温泉のような気分が味わえますよ」

男はうっとりした顔で笑った。

「へえー、それはうらやましい」

文哉もなぜかうれしくなった。自分の家を薪風呂にできたら、と夢想していたからかもしれない。

「沸かすのに少々時間はかかりますがね、その時間もまた楽しめます。それに、燃料代がほぼタダみたいなもんですから」

「薪はどうやって？」

「家の裏に山を持ってるもんで」

男はそう言って首をゆったり回した。

見ず知らずの人の自慢話ではあったが、文哉には楽しく聴くことができた。

お金をかけてはいるものの、それだけ気持ちがよく、しかも燃料代は無料に近いというのは魅力のある話だ。山を持っていない文哉に薪が集められるかという課題はあるが、男の話を聞いて、文哉はますます薪風呂に憧れるようになった。

そして、こんなふうに見知らぬ人とたわいない話ができることに幸せを感じた。世の中がまだコロナ禍にあるから余計にそう思えたのかもしれない。

帰り道は、途中、一台の車ともすれちがわなかった。

さっぱりしたからだで気分よく山道を下り、幹線道路から家への脇道を見逃さずに入ったときには、あたりは真っ暗だった。

ハンドルを切ると、軽トラックのヘッドライトが暗闇を縫うようにして梅畑を照らす。

文哉はスピードを落としたまま家へと近づいた。

その暗闇のなかで一瞬なにかが動くのが見えた。

ブレーキを踏み、耳を澄ませた。

風の音しかしない。

と、そのとき、ヘッドライトが照らす庭をなにかが横切った。

文哉の背中が運転席のシートに張りつく。

二頭のイノシシが山へ消えていった。

ふーっと大きく息を吐いた。

獣の気配が消えた庭に立ち、文哉は夜空を見上げた。信じられないくらいたくさんの星が、空には瞬いていた。

37

五月中旬、朝露の残る庭から地続きの梅畑へ向かう小径で、文哉は足を止めた。

右側のツツジの植え込みから左側のタラノキの根元へ、じりじりとヘビが渡っていく。黒っぽく細長い小型のヘビで、名前はわからなかった。

畑では、梅の実がいよいよ大きくなってきた。

気になったのは、のびた下草の陰にかなりの量の梅の実が落ちていることだ。最近、大雨が降ったり強い風が吹いたりしたわけではない。たぶん、「生理落果」というやつだ。実を付けすぎた果樹は自らを守るために、実を落とすと考えられている。

向かいの畑では、菊次郎がエンジン音を響かせている。なにをしているのかと思えば、自走式の草刈り機を使っていた。

「梅畑の下草って、刈ったほうがいいんですかね？」

挨拶のあと、文哉は尋ねた。

「そりゃあ、そうだいね。草が生えてりゃ、歩きにくいし、脚立も立てにくい。いよいよ、収穫がはじまるからな」

菊次郎は作業を続けながら声を大きくした。

文哉としては、梅の木にとってどうなのか聞きたかったのだが、菊次郎は、畑ではあくまで人間が優先されると告げただけだった。

幸吉が実践していた〝自然農〟のやり方では、草や虫を敵としない、というのが基本的な考えだ。草は必要に応じて刈ることはあるものの、地面を耕すことや、土を露出させる行為は極力避けていた。そんな幸吉のやり方に文哉も倣っていた。

「そら、やってみな」

文哉は草刈り機の操作を教えてもらった。

菊次郎の話では、今月の二十五日から農協の風間《かざま》選果場が稼働し、いよいよ梅の出荷がはじまるらしい。

「農協の会員になれば、おれもそこで出荷できるんですかね？」

文哉はすかさず尋ねた。

「あんちゃんとこの畑は一反そこらしかねえから、正組合員にはなれねえだろうな。それに出荷するったって、選果機もなければ、梅を入れるコンテナだってねえわけだろ？」

「ええ、ありません」

文哉の声は小さくなった。

風間選果場には選果機があるが、大型の選果機のため一度に規定の数量のコンテナを出さなければ利用できない。つまり収穫が少ない農家は、自前の選果機が必要になる、ということだ。

菊次郎によれば、文哉の畑の梅の木ならば、一本当たりコンテナに二ケースくらいの実が採れるだろう、とのこと。コンテナ一ケースに収まる梅は約20キロ。文哉の畑には十五本の梅の木があるから、合計で六百キロの収穫が見込める話になる。

もっとも菊次郎の予測が正しければの話だが。

「まあ、A品というわけにはいかんわな」

菊次郎の声が後ろから追いかけてくる。「けど、B品で出しゃいい」

「そもそもA品とB品のちがいってなんですか？」

草刈り機を運転しながら文哉が尋ねた。

「品質さ。A品ってのは、病気や傷がまったくないもんさ」

「じゃあB品は？」

「ちいとばかし病気や傷のあるもんだな。日焼けしてたり黄色味のあるのもダメだ」

「B品だと、いくらぐらいで売れるんですか？」

文哉はエンジン音に負けないように声を大きくした。

「売値は年によって変わるが、キロ百五十円ってとこじゃねえか」

「じゃあ、コンテナ一ケースで三千円にしかならないんですか」

「売れねえよりいいさ」

「まあ、それはたしかに」

キロ百五十円だとしても、畑の梅十五本分、六百キロ収穫したとすれば九万円になる。

二百万円で購入した家の畑で収穫した梅で、それだけ稼げる。

「ちなみにA品だとおいくらですか？」

文哉は尋ねてみた。

「ん？ まあ、時期にもよるが、キロ五百円ってとこだろ」

A品は、B品の三倍以上とは大きなちがいだ。

「なんだったら、おらの名義で出してやろうか？」

「というのは？」

「一緒に梅をもいでよ、ウチの選果機回して、コンテナに入れて出荷するんさ」

「それはありがたいですが、いいんですか？」

「いいさ。もちろん、タダっちゅうわけにはいかんわな」

菊次郎は真面目な顔で言った。

その日、文哉は草刈り機で自分の畑の草を刈らせてもらった。文哉が持っている肩掛けタイプの刈り払い機よりも、地際できれいに草を刈ることができた。三輪タイヤによる自走式なのでハンドル操作をするだけで疲れない。

「どうだい、便利なもんだろ？」

「たしかに」

文哉はうなずいた。「でも、けっこうするんですよね？」

「中古で三万円だったかな」

厚意に甘えるつもりで試してみたところ、おもしろいように草が刈り取れ、地面が露出するほど下草が減り、たしかに歩きやすくなった。

しかし、終わってみれば二千五百円を請求された。

「――え？」

と文哉はかたまった。

菊次郎は、「タダっちゅうわけにはいかんわな」とさっきも聞いたせりふを使った。

だとすれば、最初に言ってほしかった。

草を刈るなら自分の刈り払い機でやればいいことだ。たとえ草丈がそろわなくても、疲れようが、草は刈ることができる。便利だとは思ったが、三十分そこらでそんなに請求されるとは思わなかった。

「この草刈り機って、中古で三万円だったんですよね？」

文哉は言ってみた。

「ああ、そうだいね」

「草刈りは年にどれくらいやるもんですか？」

「まあ、夏場は多くなるが、五回くらいじゃねえか」

だとすれば、借りたら年間一万二千五百円を支払うことになる。中古で購入したほうがよほど安くつく、文哉はそう口にした。

「燃料代が別にかかるからな。機械だって、使えばそれだけ傷むんさ。使ったあとは整備もするんさ」

菊次郎は心外だったのか、口をとがらせた。

「まあ、それはそうでしょうけど……」

文哉は口をつぐんだ。

「ちいとばかし気いつけな」という菊次郎に対するイトの言葉を思い出した。

それでも文哉には、梅の収穫や出荷について教えてくれる相手は、菊次郎しかいない。関係をこじらせるのは得策ではなかろう。

「――わかりました」

文哉は自分に言い聞かせるように強くうなずき、その場で使用料を支払った。

「使いたいときはいつでも言っとくれ」

菊次郎は受け取った金を拝むようにしてから胸ポケットにしまった。

もう二度と借りるものか、と思ったが、「そうですね。そのときはよろしくお願いします」と文哉は頭を下げた。これも田舎暮らしのひとつの経験だ、と自分に言い聞かせながら。

これから季節は夏へと向かう。そんななか、梅畑の草を地面が見えるほど刈る必要があるのだろうか。

自分が納得していない行動は、今後は慎むべきだろう。

以前イトに言われたように、ここでは、いいもんはいい、いやなもんはいやだと、はっきり口にしなければならない。

そのことを思い知った。

38

梅の出荷解禁日がいよいよ迫ってきた。

菊次郎から〝消毒〟の誘いがあったが、その日は用事があると断った。結局、〝消毒〟はあの一回で終わりにした。変色した両手は一週間ほどでもとにもどった。

収穫から出荷までを学ぶため、文哉は決断した。

「無償でいいんで、梅の収穫を手伝わせてください」

文哉は菊次郎に申し出た。

約束の朝六時、作業着に着替えた文哉は、歩いて菊次郎の家を訪れた。納屋の前に軽トラックが準備されている。

以前、〝消毒〟をした畑に菊次郎の軽トラックで到着後、荷台に積み込んだ脚立や一輪車、収穫用のコンテナを下ろす。

「これ、使いな」

手渡されたのは、ふだん使っているのより薄手の手袋と収穫用のカゴ。手袋は野菜や果物の収穫や選別用だという。どこで売っているのか尋ねると、農協でもワークマンでも売っているとのこと。

「ほんじゃあ、この木からはじめてくれ。爪で傷つけねえようにな」

「わかりました」

文哉は薄手の手袋をはめ、さっそく青い実を摘み採っていく。

梅の収穫はさほどむずかしくない。実は大きくてもピンポン球くらいの大きさだ。硬く引き締まっていて、傷がつきやすいわけではない。ハサミを使う必要もなく、容易に手でもぐことができる。農薬を撒布しているせいか、毛虫の類いは目にしない。

菊次郎は、最初だけ文哉の所作を見ていたが、すぐに自分の作業に専念した。

慣れてきた文哉が欲ばって一度にたくさん採ろうとしたところ、梅の実が指のあいだからすり抜けて落ちた。

ボトン、と意外に大きな音がする。

菊次郎からは、落とした梅はすぐに拾えと言われた。

しかし、その梅の実を見つけるのは容易じゃない。たくさんの梅がすでに地面に落ちているからだ。一度に採るのは片手で三つまでにしておいたほうがよさそうだ。

摘み採った青梅は、肩からぶら下げた黄色の収穫カゴに入れていく。梅の実のサイズは大小様々だけれど、菊次郎からはすべて採るように指示された。まだ小さい実はもう少し生長を待てばいいのにと思ったが、一本ずつ収穫を終わらせるのが菊次郎のやり方らしい。

手の届く高さの実は地上から採り、届かない場合は脚立を立てて収穫する。

作業中に脚立の安定性の確保をしっかりせず、ヒヤッとする場面があった。

「無理すんな」

菊次郎から声が飛ぶ。「ケガしても補償はでねえからな」

薄く笑っていたが、文哉は笑えなかった。おそらく本当の話だ。

手を動かし続けてしばらくすると収穫カゴのヒモが肩に食い込んでくる。いったん脚立から降り、実を傷めないように、菊次郎の「菊」の字を○で囲んだマークが記されたコンテナに移し替える。

文哉がコンテナの位置を勝手に近くに変えたところ、必ず日陰に置くよう注意された。日焼けや陥没果などの高温障害が発生すれば、商品価値がなくなるからだ。

菊次郎は、文哉の足もとを見て、「長靴よか、足袋のほうが滑らねえぞ」と教えてくれた。

「喉、湿らすべ」

途中、水分補給の休憩を何度か挟んで収穫を十時頃まで続けた。

その後、梅を収めたコンテナを一輪車で軽トラックまで運び、荷台に積み込む。梅畑から帰ると、すぐに納屋での選果作業に移った。

文哉が初めて目にしたドラム式の選果機は、梅を目視で選別する囲いのある選果台と、サイズ別に分けるドラムの付いた選果機本体とで構成されている。選別前の梅を載せる幅約七十センチ、長さ百八十センチほどの選果台は、腰より少し高い高さで選果機に連結されている。

「この上にまけてくれ」

菊次郎が声をかけてきた。

文哉はコンテナに入った約二十キロの梅を選果台の高さまで持ち上げ、囲いのなかに流し入れた。

採ったばかりの鮮やかな青い実が、細い塩ビ管を並べてつくられた選果台の床面に広がり、梅の香りがふわりと漂った。並んだ塩ビ管と塩ビ管のあいだには隙間が数ミリ空いていて、混入した落ち葉やごみの一部がそこから自然に落ちていく。

選果台にはゆるやかな傾斜がついていて、載せられた梅の実は、選果機本体に向かって転がる仕組みになっている。

「いい色だろ」

菊次郎がぼそりとつぶやく。

「そうですね」

文哉は小さくうなずいた。

青い梅の実がびっしりと選果台一杯に広がったその光景には、文哉も思わず口元がゆるんだ。ひとつひとつ大きさが微妙にちがう。どれも緑濃いが、なかには赤味が差した実もある。

選果台と選果機のあいだには仕切りの板が挟んである。梅の実が動かないその状態で、まずは収穫の際に混じった葉やごみを取り除きながら、長めに残っているヘタの部分を指で摘《つ》まんで取っていく。その際、病気や傷があるものを軽微なものと、割れたり陥没したり病気が目立つものとに分ける。前者はB品、後者は廃棄となる。

「これなんかどうですか?」

文哉は迷った梅の実を差し出し、菊次郎に尋ねた。

「ちいとばかし黒星が出てるな」

「これくらいならオッケーですかね?」

「いや、B品だいね。農協サマが言うには、それこそ一ミリの黒星が一点でもありゃあ、ダメなんさ」

菊次郎に言われ、文哉は見た目だけを重視するやり方を疑問に感じつつ、B品用のコンテナにまわした。

菊次郎によれば、以前、黒星が出ているものがA品に混入していると農協の担当者から電話が入り、返品を食らった経験があるらしい。

「厳しいんですね」

「まったくなあ。こっちは年食って目だってわるくなるのによ」

菊次郎はぼやいた。

収穫した梅の選果台での選別が続く。

最後まで台の上に残った実が、A品というわけだ。

途中、腰や膝を痛めていると聞いていた菊次郎の奥さん、和江《かずえ》が作業に加わった。作業の途中でA品とB品の選別基準について、二人の考えに相違があり、ちょっとした口論になった。折れて黙ったのは、菊次郎のほうだった。

選果台での選別工程が済むと、挟んであった仕切り板が外され、選果機の電動スィッチが入った。

選果台から選果機本体へ転がり出した梅の実は、回転するドラムに空いた穴にはまり、実の大きさによってサイズ別に穴から落ちていく。サイズは、「SS」「S」「M」「L」「2L」「3L」。穴から落ちた梅の実が、それぞれのサイズのコンテナに転がり落ちる仕掛けだ。

納屋のなかに選果機がまわる音が響く。それに合わせて、穴から落ちた梅の実が、鼓を叩くように小気味よく音を立てる。梅たちはダンスでも踊るように回転するドラムの下のスロープを転がり、それぞれのコンテナへ落ちていく。

「おもしろいですね」

文哉が笑いながら言うと、「なんもおもしろくねえ」と和江が言った。

最初のドラムの穴に落ちるのが一番小さな「SS」、最後まで残ったのが一番大きな「3L」となる。

「──さあ、こいつで最後だ」

菊次郎が真新しい手袋で梅の実を撫でるようにして選果機に押し流した。

出荷初日となるこの日は、コンテナで計七ケースの収穫となった。そのうち、五ケースがA品。A品でなおかつM以上の四ケースを今度は箱詰めにしていく。「S」以下の小さな実は、別扱いで出荷するらしい。

「こいつで量っとくれ」

菊次郎が指さしたのは見たこともない秤《はかり》だった。「台秤」と呼ばれる、仕組みとしては天秤《てんびん》ばかりの部類に入るかなり旧式の道具だ。

「箱詰めって十キロですよね？」

「いや、皆掛《みなが》け十一キロさ」

「皆掛けって？」

文哉は首をかしげた。

菊次郎が口ごもると、「だからよ、箱も含めた重さってことだいね」と和江が口を挟んだ。

菊次郎は時間を気にしはじめた。

秤の腕のようにのびた部分のお皿には、「十キロ」と書かれた赤い分銅がすでに載せられている。移動式の重りの目盛りが「一キロ」になっているので、これで「十一キロ」に設定されているようだ。

「箱を台の上に置いて、秤がよ、水平になればいいんさ」

「なるほど、そういう仕掛けなんですね」

「どうだい?」

「もう少しです」

文哉が目盛りを見るためかがみこむ。

「ほい、こいつでどうだ」

菊次郎が青梅の実をつかみ、箱の中に数個加えた。

「――はい、オッケーです」

続いて「封函機《ふうかんき》」と呼ばれる、これもまた初めて見る巨大なホッチキスのような道具を使って、「ガチャン、ガチャン」と針を刺し、組み上げた箱を四カ所留めにしていく。

箱には「品種」「等級」「サイズ」の欄があり、そこにスタンプを押していく。たとえば、「品種　白加賀」「等級　A」「サイズ　L」といった具合だ。

そして、最後に生産者の名前が押印された。

「生産者名　半田菊次郎」

その名前は輝きを放って見える。

ようやくできあがったひと箱を見つめ、文哉はフーッと息を吐いた。

伝票を書き終えた和江が足を引きずるようにして、黙って納屋を出ていった。

できあがった箱詰めとコンテナを菊次郎と二人で軽トラックの荷台に積み込んだ。

「さあ、いくべ」

菊次郎が軽トラックに乗り込む。

向かったのは「風間選果場」。受付時間は、午前九時から正午まで。だから菊次郎は時間を気にしていたわけだ。

選果場には、若い職員がひとりいるだけで、大型の選果機があるものの、ひっそりと静まりかえっていた。選果機が動くのは午後からで、すでに荷受けした梅のコンテナが日陰に高く積み上がっている。それらはA品だけを自家選別した梅で、午後から選果機にかけられるという。

つまりは納品量の多い大農家は選果場の選果機を使えるが、菊次郎のような零細農家は自家選別した上で、サイズごとに分け、箱詰めまで行わなければならないわけだ。もっとも選果場の選果機を使えば、その分手数料をとられるという話だ。

黒板には「白加賀10キロ　5／25売り」と走り書きされ、サイズ別の値段が掲示されていた。

3L　7000円
2L　6000円
L　5000円
M　4000円

もちろんこれはA品の価格。大きな実ほど値段が高い。

S以下の値段は書かれていなかった。

「菊さん、2Lの箱ありましたよね？」

「ああ、二つな」

「すごいじゃないですか、それだけで一万二千円か」

文哉の言葉に、菊次郎は乾いた唇をなめた。

箱詰めにされた菊次郎の梅は、コンテナとは別の場所に納品された。

Sサイズ以下の梅についても場所が指定されている。

最後にコンテナに詰めた「B品」の梅を納品した。野積みされた古いコンテナに移し替え、パレットが敷かれただけの選果場の隅に置く。

菊次郎が手書きの伝票を四角い空き缶のなかに入れ、風に飛ばされないように置いてあった小石を載せ替えた。何枚かの伝票がすでに重なっている。

文哉はなにげなく伝票を見た。

品名には、「クズ梅」と書いてあった。

「B品の梅ってどうなるんですか？」

帰りの軽トラックのなかで文哉は尋ねた。

「ジュースになるんさ」

「そうなんですね」

つまりは最終的には人間の口に入るわけだ。それなのに「クズ梅」と伝票に書くのは、なにかまちがっている気がした。

そのことを口にしたら、「昔はそう呼んだんさ」と菊次郎が静かに言った。

正午過ぎ、文哉は菊次郎の家を辞した。

帰りにキュウリを持たせてくれた。菊次郎が畑で育てたというキュウリだが、どれも収穫が遅れたらしく大きく育ちすぎていた。言ってみればB品だ。

「食わねえなら、ぶっちゃるから」

菊次郎は余計な言葉を口にした。

そうであるならば、捨てるモノを文哉にくれたわけで、複雑な思いがした。

39

だれかと話したくて、最寄りの、といっても車で約十五分、Wi-Fiが無料で使えるコンビニまで向かった。

気がつけば、こちらに来てから約一ヶ月半が過ぎていた。もっと長くいるような濃密な時間を毎日過ごしている。

滞在一週間後に手紙を送った凪子からは、その後音沙汰がない。そのことがずっと気になっていた。元気にやっているのか。なにか助けを必要としていないか――。

コンビニの駐車場に停めた軽トラのエンジンを切り、スマホを手にしたとき、着信が入った。相手は凪子ではなく、大学時代からの知人、今は言わばビジネスパートナーでもある都倉《とくら》からだ。

「おいおい、どうなってんだよ？　何度電話してもつながらないし、連絡ないし」

ひさしぶりに聞く都倉の声には苛立《いらだ》ちが滲《にじ》んだ。

「わるい、こっちは電波がよくなくてね」

「どんだけ山奥にいるんだ？　田舎暮らしで一番厄介なパターンじゃん」

「その点については今後なんとかするつもり」

「なにかあったのかと思った」

さぐるような声がした。

「っていうのは？」

「凪子さんからも連絡ないからさ。あいかわらず納品遅れてるし、もしかして、そっちかと？」

最後の問いかけは声を低くした。

「いや、ちがうけど」

「世話が焼けるんだよな。おまえも、凪子さんも」

「――おかしいな」

文哉はつぶやいた。

「連絡とってんだろ？」

「それが、このところあまり……」

気軽にスマホが使えない環境の影響がもちろんあるし、家の掃除や修繕、畑の再生など日々の暮らしに夢中になっていた。手紙を送ったことで、凪子からのなんらかのリアクションを待っていた、ともいえる。

「そういうのマズくないか？　とにかく状況を把握してくれよ。納品待ちしてくれてる店があるんだから」

「わかった」

凪子の手がける作品を仕入れ、東京の雑貨店での販売に協力してくれている都倉の言い分はもっともだ。

「で、どうなの、そっちの暮らしは?」

都倉が声の緊張を解いた。

「それなりに忙しいよ」

「空き家だったんだろ?」

「家はなんとか住める状態に変わりつつある。問題は、それだけじゃなくてね」

「畑付きだってな?」

「そうなんだ。いよいよ収穫がはじまった」

「収穫? ってなんの?」

「畑が、梅畑なんだよ」

「え? 梅かよ?」

がっかりしたような声色だ。

「そうだけど」

「梅って、今はあまり需要がないんじゃないか?」

会社を辞めた身であり、起業に関心を持つ都倉らしい言葉だ。

「そうかな？」

「健康志向が強い世の中じゃ、血圧気にする人多いし、ひさしく減塩ブームが続いてるからな。梅っていったら、梅干しくらいしか使い途ないだろ？」

「そんなことないさ。梅酒にだってできるし――」

文哉は少々ムキになったが、言葉が続かない。

「ところでさ、そっちに行ってもいい？」

都倉が唐突に切り出した。

「え？」

「コロナの影響でテレワークが増えてるじゃん。二地域居住とか、地方移住なんかに関心が高まってるご時世だからな。文哉がはじめた本格的田舎暮らしがどんなもんか、見ておくのもわるくない。行っていいだろ？」

そう言うものの、都倉の口調はどこか空々しい。

「だから梅の収穫がはじまって、今は忙しいんだって」

「だったら、おれたち手伝うよ」

「は？」

「おれと、――美晴さんで」

「なんでそこで彼女の名前が出てくるわけ？」

文哉はため息まじりに尋ねた。

「いや、じつはさ、今二人で飲んでる。そしたら、文哉の話になってさ」

「――東京か」

「美晴さん、会社辞めたいんだと」

その話は以前電話で聞いていた。

学生時代、文哉がつき合っていた美晴は、出版社に入社したものの望んだ職種に就けず、不満を漏らしていた。その後、希望していた編集者になれたようだが、キャリアアップするために転職すると去年の終わり頃に電話があった。その際、文哉には、今からでも遅くないから資格でもとって、東京にもどってくれればと美晴は言っていた。

そのときの会話で、自分と美晴では生き方がちがうと自覚した。

「転職の話なら前に聞いたよ」

文哉は冷めた口調になった。

「いや、そうじゃなくてさ……」

都倉の声が急に遠のき、いきなり美晴の声が割り込んできた。

「ひさしぶりー、元気にしてるー？」

同時にスマホの画面がビデオ通話に切り替わり、髪をアップにした美晴が登場した。

突然のことで、のけぞった文哉は軽トラの直立シートに後頭部をぶつけたくらいだ。

「おいおい、昼間から酔ってんの？」

文哉はわざと煙たそうな声を出した。

「アルコール入ってるからねー、たまには発散させないと」

化粧をバッチリ決めたかつての恋人は大人び、ここにはまったく存在しない都会の華やかさや色香を感じさせた。そういえばこのところ、同年代の若い異性と話す機会がまったくない。

文哉のスマホのカメラはオフになっていることもあり、ひさしぶりの元カノに見入ってしまった。ファンデーションで整えられた肌、きれいに揃えられた眉、アイラインで大きく見える瞳《ひとみ》、そして、かつては重ねたこともある、ルージュを引いた赤い唇――。

「いいね、楽しそうで」

文哉の口元がついゆるんだ。

「私もさ、なんか、いやになってきた」

美晴の声が湿っていた。

「――なにが？」

「だって、話がちがうんだもん。やりたい本を自分で企画して編集できると思ったのにさ。なんだかんだ文句つけられて、結局、認めてもらえない」

「だれに？」

「転職先の上司。まわりの同僚も」

「ってことは、転職はしたんだね？」

「そうだよ。でも、こんなはずじゃなかったって感じ。もう、がっかり」

文哉はフロントガラス越しに見えているギザギザに稜線を描く山を眺めた。まだ登ったことのないその山――妙義山は、標高はそれほど高くないが、毎年遭難者が多出する、いわば〝魔の山〟でもある。つい先日もラジオの放送で、登山者が急峻《きゅうしゅん》な尾根から滑落したと告げていた。

なぜかそんなことを思い出しながら、美晴の仕事の愚痴をしばらく聞いていた。美晴の話は、どこか懐かしかった。かつては自分が何度も口にしていた不満のフレーズのオンパレードだ。

どんなにがんばったって、認めてもらえない。

わるいのは自分ではなく、いつもまわり。

やりがいのない世界に嫌気が差している。

もう我慢できない。

「――そうなんだ」

文哉は穏やかに尋ねた。「で、どうするつもり？」

「少し休みたいなって思って」

「いいんじゃない」

「だからさ」

美晴は言った。「そっちに行っていいかな？」

「は？」

文哉は間の抜けた声を漏らした。

「畑付きの家買ったんでしょ？　何坪あるの？」

「まあ、全部で四百坪くらい」

「すごいじゃない！　今や在宅勤務もあたりまえの時代、そんな暮らし憧れちゃうよね」

美晴の声には、おもねるような響きがあった。

「話してたんだよね、都倉君と。今いちばん自分のやりたいことやれてるの、文哉じゃないかって」

「ああ、それは思うね」

都倉の声が聞こえた。

「いやいや、そんな状況じゃないって」

文哉は戸惑いつつ正直に答えた。

「でもなんだって、山の近くにしたの？」

「まあ、海の次は山かなって……」

「ほんとに？」

美晴がつっこみを入れてくる。

「いや、じつはさ」

文哉は、美晴が編集者であることを意識して打ち明けた。「会社を辞めたあと、南房総の家で、親父が遺した本を見つけたんだ。冬のあいだ、金もないし、することがなくて片っ端から読んだ。そのなかの一冊に影響を受けたかも」

「それってどんな本？」

「『森の生活』」

「ソローだよな」と都倉が言った。

「え？　都倉君も読んだことあるの？」

「いや、ないけど、有名な作品だからね。変わり者のソローって若者が、森のなかの池の畔《ほとり》に小屋建てて自給自足して暮らす話だよな。そうとう昔の本だろ？」

「そうだね」

文哉が答えた。「出版されたのは、日本でいうと明治維新前じゃないかな」

「え、そんな昔話？」

「歴史的にいうとね。けど、今の時代にもじゅうぶん通じる話だと感じてさ」

「へえー、そうだったんだ。そいつは初めて聞く話だな」

都倉が感心したような声を出した。

「たとえばどんなこと？」

美晴が眉を寄せる。

「そうね、ソローが言うには、ほとんどの人は、家とはなにかということについて考えたことがないって」

「家とはなにか？」

「そう。それなのに多くの人がしなくてもいい貧しい暮らしをしているのは、近所の人と同じような家を手に入れたい、そう思ってるからだ、とかね」

「へえー、まさに今もそうかも」

都倉が笑った。

「ねえ、今週末とか、どう？」

美晴が話をもとにもどした。

残念ながらソローの言葉は、彼女には響かなかったようだ。

「今週末だと、おれは無理っぽいな」

わざとらしく都倉が言う。

「じゃあ、私だけで行っちゃおうかな」

「いや、待ってくれって」

文哉はあわてた。「たぶん、がっかりするから、やめたほうがいい。手伝ってくれるって気持ちはありがたいよ。おれだって二人には会いたいとは思う。でもさ、かなり山奥なんだよ。たぶん、君たちが想像してるより、ずっとね」

「いいじゃん、自然豊かで」

美晴が明るく反応する。

「たとえば、庭にふつうにイノシシがやってくる」

「へえー」

「獣だけじゃない。都会では見かけない虫なんかもたくさんいる。見かけるやつでも、サイズがひとまわり大きい。外に行くときは、毎回長靴のなかを調べるんだ」

「なんのために？」

「ムカデが潜んでる恐れがあるから」

「うへっ」

美晴がおかしな声を出す。

「庭でオオスズメバチに追いかけられたこともあるし、こないだはヘビを見かけた」

「――マジか」

都倉の引きの笑いが漏れた。

「それに、トイレは水洗じゃない」

「『ウォシュレット』は？」

「もちろん付いてない」

文哉はさらに釘を刺す。「風呂も使えない」

「おいおい、そんな家でやっていけるのかよ？」

「なるべく、自給自足的に暮らしてみたいんだ」

文哉は言ってみた。

「やめとけって。できるわけないから」

「無理しないほうがいいよ」

二人は口を揃えた。

「親父が死んだとき、ある人から言われたんだ」

文哉は思い出して口にした。「長生きしたにもかかわらず、多くの人が自分の人生に対して悔いている、とね。亡くなる前に彼らが口にするのは決まって、『もっと自分自身に正直に生きればよかった』という言葉だって」

しばらく沈黙があった。

「だれだって、そうしたいさ」

都倉の声がした。「じつはおれ、再就職も考えてるんだ」

「そのほうが賢明だと私は思う。みんな自分のやりたいことができずに人生を送る。それが現実なんだよね」

美晴の声がした。

文哉は口を閉ざそうかと迷った。

が、言うことにした。

「──みんなじゃないさ」

「え?」

「多くの人間は、自分に嘘をついて、息が詰まるような場所で顔も上げられず下ばかり見て暮らしてる。東京で働いてるとき、おれもそうだった。でも、朝は野鳥の声で目覚め、夜には空の星を眺めている人間だって、どこかにいるのさ」

文哉はそう言った。

「それって、今のおまえのこと?」

都倉の声には、応えなかった。

「じゃあ、最低限必要になる金はどう稼ぐ?」

都倉がつっこんでくる。

「だから、まずは梅を収穫して、お金に換えられないか試してみたいんだ。梅畑でできる梅は、自分で使うにしては多すぎるからね」

「使われてなかった畑なんだろ？　金になんてなるのか？」

都倉が疑問を投げかけた。

その点は、文哉とて自信がない。

「梅の実がさ、たくさん生ってるんだよ。おれが育てたわけじゃないけど、今はおれの畑だからさ、なんていうか無駄にしたくないんだよね」

「でも、だれに売る気なの？　販路なんてあるわけ？」

「そこは思案どころなんだけど、畑で採れたものが売れたら、おれにとって初めての経験になる。自分でお金を稼ぐ新たな手段を得るって、すごいことだと思うんだよね」

「ひとりじゃ無理だろ。まあ、やってみればいいさ」

都倉が突き放すような口調になった。

美晴は黙っている。

「そういえば、前に都倉からもらった手紙に書いてあったよな」

文哉は思い出した。

「なんて？」

「会社を辞めて、不安でいっぱいだって。これから食っていけるのか」

「そうだっけ？」

都倉はとぼけてみせた。

「でもさ、たくさん金があれば、不安って解消するものなのかな？」

「そりゃあ、今の時代、年金なんてあてにできないし、老後には最低でも二千万円必要だって話もあるからな」

「おれ、最近思ったんだ。そんなにお金にばかり頼らなくても食っていけるかもって。家があるし、畑がある。その畑で食べ物だけじゃなく、収入を得られるようになれば、少しは安心できる気がするんだ」

「簡単じゃないでしょ」

「それはそうだろうけど」

「でも文哉は、そういうことを楽しみたいんだろ？」

都倉のこわばった声がした。

「ああ、かもしれない。自分がやりたいことで暮らしていければ、お金でも替えられないものが手に入るかもしれない。ここへ来てあらためて感じたけど、都会の生活には便利さや快適さが溢《あふ》れてる。あらためて、すごいと思うよ。けど、それって、じつはお金を払って買ってるわけだ。便利さや快適さを求め続けて、それが生きる上で過剰であるとも気づかずあたりまえになってしまえば、結局は、自分の首を絞めることになるような気がするんだ。それって、落とし穴、いや、罠と言ってもいいかもしれない。便利で快適な商品を手に入れるためには金を稼がなくちゃならない。その分、働く必要がある。美晴の場合、不満のある仕事をがんばるしかない。都倉は、また似たような会社にもどるのかもな。しかも、それら便利で快適なものを使い続けるためには、光熱費や消耗品代、ランニングコストが必要なことを忘れちゃいけない。つまりは、働き続けるしかない」

「でもそれによって、自分の時間が得られるとしたら？」

「ほんとうにそうなった？　それって幻想じゃない？　また次の新しい商品が欲しくなるんじゃないの？」

二人は答えなかった。

「じつはおれ、こっちで掃除機使うのやめたんだ」

「嘘？　じゃあ、どうやって掃除してるわけ？」

「電気代を節約するつもりじゃないんだ。納屋のなかでさ、長い柄の付いた古いホウキを見つけたんだよ。たぶん、昔使われてたやつ。調べたら『座敷ホウキ』て呼ぶらしいんだけど、これが案外便利なんだ。というか、こっちの家の構造や生活には合理的なのかも。なにしろ外から帰ってきて家に上がると、いろんなものが、からだに付いてくる。枯れ草やら、植物のタネやらね。いやでも小さい虫も入ってくるから、畳の上に虫の死骸も落ちてる。それをいちいち掃除機で吸い込んでたら、いつまでも終わらない。おそらくロボット掃除機でもね。ホウキでさっさと掃いて、玄関の三和土に落として、それでお終《しま》いにしてる」

「でも、きれいになるの？」

「そこなんだよね」

文哉は答えた。「塵《ちり》ひとつ落ちてない状態を、おれは自分の家に求めてはいない。というか、それって、ここでは実現するのがむずかしいんだ。これくらいでいいや、ってとこであきらめるというか、納得するしかない。そう決めたら、かなり気が楽になってね。最初は古いものはみんな捨てなきゃと思ったけど、暮らし方を変えれば、じゅうぶん今も使える。かえって、理に適《かな》ってる場合が多いくらいさ」

「でもさ、今や田舎だって、便利さや快適さが求められる時代なんじゃないの？」

頬を赤く染めた美晴の顔が画面に近づく。

「その通りだよね」

「だろ？」

「畑で使う農機具や化学肥料がそうだし、その最たるものが、農薬なんじゃないかって思い始めてる」

「農薬が？」

「ああ、除草剤もそうだろうね」

「雑草を枯らす薬な」

「だからおれは、そういうやり方に疑問を持ち始めてるってわけ」

「ふーん」

「田舎暮らしもいろいろありそうだな」

「まあね」

「じゃあ、今の文哉には、不安ってないの？」

「もちろん、あるさ」

文哉は正直に返し、続けた。「でもね、ここではさ、なんていうか、すべては自分次第みたいな気がするんだよね」

「――自分次第？」

美晴がつぶやいた。

「そう」

文哉は想いを口にした。「田舎暮らしは、そんなに楽じゃないとか、のんびりなんてできないって言う人もいるだろうけど、それこそ、人それぞれだと思うよ。田舎にいても街にいたときと同じように見栄《みえ》を張ったり欲ばれば、そりゃあ忙しくもなるさ。自分でできることが限られていれば、他人に頼まなければならない。つまり、自分が試されるんだ」

「おまえは、そういう世界で暮らしたいんだろ?」

「かもね」

文哉は笑ってみせた。「そういう世界のほうが、おれには心地いいし、合ってるような気がするんだ」

「――そうなんだ」

美晴が怪訝《けげん》そうに首をかしげる。

「なんだか、学生時代の飲み会みたいになっちゃったな」

都倉が薄く笑った。

「ほんとな。おれは酒も入ってないっていうのに」

文哉は苦笑してみせた。

「やっぱり私、行ってみたい」

「またそのうち、三人で会おう」

文哉はそう答えるにとどめた。

「そうそう、前に話したとき、今からでも遅くないから資格を取れって言ってたよね」

文哉は美晴に向かって言った。

「え？」

「取るつもりだよ」

「なんの？」

「ここで生きるための資格をね」

文哉は通話を終え、スマホの画面から顔を上げた。自分の今いる世界が鮮やかに視界に広がる。いつかは登ろうと思う、見慣れてきたギザギザの山が見える。

長いため息をついたあと、気をとり直し、凪子の電話番号にかけた。

今回もつながらない。

こちらの電波の問題ではなく、凪子がマナーモードに設定しているのか、呼び出しコールが鳴り続けるだけだった。

──ほんとうのところ、凪子はどう思っているのだろう。

文哉は不安を抱いた。でも、もう少し待つことにした。なにかあれば言ってくるはずだ。彼女は彼女で忙しいのかもしれない。

それでも連絡がない場合、和海に電話しよう。

40

翌日は、朝から雨——。

午前六時、玄関の前に人影が立った。

「おはよう」と菊次郎の声がする。

間髪を入れずに、ガラガラと玄関の引き戸が横に滑る。

朝食中の文哉はあわてて椅子から立った。

「今日は雨だからやめとこ」

雨合羽を身につけた菊次郎は言った。

「え？」

文哉は思わず声を漏らした。

「風邪でも引いたらバカみるべ」

「まあ、それもそうですね」

「明日は晴れそうだから、よろしく」

それだけ言うと菊次郎は帰っていった。

拍子抜けした文哉は、そういうものかと思いかけたものの、朝食後、庭に出て空を見上げた。鈍色《にびいろ》の雲間から降り続ける雨は、それほど強いわけではない。

疑問に思い、梅農家である祐の畑の様子を見に行くことにした。

閑沢川に架かった短い橋を渡り、イトの家の前を通り過ぎ、左に折れて坂道をしばらく進む。竹林の先、山の斜面に広がる梅畑が見えてきた。下草がきれいに刈られ、高さを揃えて剪定された梅畑には、人の姿があった。

文哉は足を止めた。

雨のなか、梅の実をもいでいる。

そこには祐もいた。

すると脚立に上った祐が気づいた。

「雨のなか、ご苦労様です」

文哉はあわてて近づき声をかけた。

「おお、だれかと思えば」

祐の声が返ってきた。

祐が手をのばした枝には、文哉の畑よりもひとまわり大きな梅の実がたわわに生っている。

「これからの時季は梅雨だろ。梅に雨と書くんさ。梅の収穫の時期は雨が多いっちゅうこった」

祐は、雨でも働くのはあたりまえだと言わんばかりだ。

文哉はうなずき、尋ねてみた。「雨で濡れてしまった梅は、出荷の際、どうするんですか？」

「そりゃあ、収穫後に乾かさねえとな。コンテナに入れて風通しのいい屋根の下にでもしばらく置いときゃいい。それでも追いつかなきゃ、大型の扇風機を回すんさ」

「そんなやり方があるんですね」

「ところでおめえさんとこはどうなんだい？」

「ええ、なんとか出荷できれば」

「だったら、さっさと農協さ顔出して、早いとこ生産者登録することだいね。農協なら、B品として買い取ってくれる」

「それしかなさそうですね」

「なに言ってる。剪定も施肥も〝消毒〟もろくにしてねえんだ。金になるだけで、めっけもんだいね」

「はい」

文哉は合羽のフードから雨を垂らしながらうなずいた。

「知り合いに聞いたんだが、やっぱりあっこの梅原は、〝消毒〟してもうまくいかなかったみたいだな。だからだろ。近くに畑のあるキクさんも借りなかったって話さ。

世話してもB品しか採れねえんじゃ、割に合わねえからな」

「そうだったんですね」

「聞いてねえかい？」

「ええ、いろいろ教えてもらってはいますが」

そう答えたものの、それではなぜ菊次郎は熱心に文哉に〝消毒〟を勧めたのだろうか？　自走式の草刈り機を貸したのもそうだ。

「まあ、キクさんも農業で食ってるわけじゃねえからな」

祐は笑い飛ばした。

だとしても、菊次郎は儲《もう》けるために梅を栽培している。奥さんだって、「ウチの梅はね、遊びじゃねえんさ」と言っていた。

「まあ、それでもよ、畑があるってことはありがてえもんだぞ」

メガネのレンズに雨のしずくを浮かせた祐がまっすぐに文哉を見た。

「それは感じています」

文哉は悔しさに口元を引き締めながらうなずいた。

その日、文哉は市街にある農協の支所を初めて訪ねた。

受付で事情を話してみたところ、営農課で相談することを勧められた。別棟にある営農課では、アポ無しにもかかわらずソファーで職員が対応してくれた。

それほど年上ではない男性職員からは、まずは農協の会員となり、生産者登録の手続きをするようアドバイスされた。会員になるとは、つまりは農協の口座を開き、出資金を納めることだ。

「畑、お持ちなんですよね？」

「はい、一反ほどですけど」

文哉が答えると、そこから話は早かった。

組合員には「正組合員」と「准組合員」の二種類がある。文哉はとりあえず「准組合員」となり、出資金千円を納めた。併せて申請した生産者コードは後日郵送されるとのこと。梅の出荷に使う伝票などは、出荷受入場所である、風間選果場でもらうように言われた。

こんなにも早く手続きが進むとは思わなかった。帰りに、同じ敷地内にある農協の店に寄り、収穫用の手袋と青のコンテナを二つ購入した。

帰宅後、そのコンテナに自分の目印として「文」と油性ペンで書き〇で囲んだ。

41

菊次郎の梅畑での収穫と出荷を三日間経験した。

収穫、選果、出荷という流れはほぼ同じで、三日目に風間選果場への納品を済ませたあと、無給での手伝いは今日で終わりにしたいと文哉から申し出た。

「ちいと待ってくれ」

菊次郎はバイト代を出すから、もう少し手伝ってもらえないかと口にした。

「自分の畑のこともあるんで」

文哉が答えると、「それなら一緒に出しゃいい」と菊次郎は言う。

「そのことなんですけど――」

文哉は先日農協で生産者登録を済ませた件を話した。

「正会員じゃなく、准会員だよな?」

「ええ、出資金は千円納めただけです」

「それで出荷できるって?」

「はい、そのようですが」

菊次郎は首をひねったが、「せめてよ、あと一週間、どうだい?」と話をもどした。

この三日間、文哉は手伝いながら、あらゆる情報をいわば盗んでいた。無給ながら、元をとろうと考えていた。わからないことはその都度なんでも尋ねた。そうした知見が自分の財産になると信じていたからだ。

――したたかにならなければ、ここでは生き残れない。

「一週間はむずかしいですけど、有給でなら、もう少し働きます」

文哉のほうから提案した。

「そうかい、かあちゃんと相談する」

菊次郎が小さくうなずいた。

「ただ、朝六時からではなく、七時からにしてください」

「朝は苦手かい？」

「――いえ」

文哉は首を横に振った。「その前に、自分の畑の梅を収穫したいものですから」

「ふうん」

「それと、雨の日は休みですよね？」

「まあ、そうだな」

「それで、お願いがあるんですけど」

「ん？」

「選果機を使わせてもらえませんかね？」

「ウチのかい？」

「ええ」

そのあとの菊次郎の答えに、文哉は思わず笑ってしまった。

なぜなら、自分が予想したとおりの答えだったからだ。

「まあ、タダっちゅうわけにはいかんわな」

菊次郎は腕組みしながら口をへの字にした。


帰宅後、文哉はスマホで撮影した画像を確認した。それは菊次郎の家の納屋にある梅の選果機だ。二本の指を使って画像を拡大すると、選果機のメーカーらしき社名が読みとれた。

電波の届くところまで歩き、会社名を頼りにスマホで所在を検索し、その場で電話をかけた。自分が新規就農者であり、梅の選果機の購入を検討していることを告げ、選果機の値段を尋ねてみた。

電話に出た男性社員は丁寧に対応してくれた。基本的な機種で、在庫にあるものは三十五万円との話だった。今の主流の機種は四十七万円。繁忙期でなければ、運賃約四万円は値引きする、との説明だった。

今の文哉にはとても手が出せない。

金を払ってでも、菊次郎に頼むしかなさそうだ。

しかし今後も梅農家としてやっていくのであれば、いつまでも菊次郎を頼りにするわけにはいかない。

42

翌日、文哉は朝四時過ぎに起きた。

薄手の手袋や収穫カゴは事前に準備していた。あいにく小雨が降っていたものの畑に立ち、梅の実の収穫をはじめた。一度だけ農薬を撒布した梅から、一番遠く離れた梅の木を選んだ。

青葉茂る古木の枝に生る梅の実は、ひび割れ苔むした幹とは対照的に、若々しく艶やかで、まるで青い宝石のようだ。枝や葉についた雨のしずくがそこかしこできらめき、ウグイスが高らかに美声を響かせる。山に抱かれた家の梅畑の実りを祝福するかのように。

「収穫」

それは果実や野菜を栽培する者にとって、最高の瞬間と言ってよかった。

菊次郎の畑で散々梅の実をもいできたが、自分の畑の実りはやはり格別だ。文哉は、急《せ》くのではなく、実の生り方を観察しながら一粒一粒にそっと手をのばした。そして傷つけないよう丁寧に枝から外していく。

「大きくなったな」

文哉はつぶやく。

「プチ」という感触と共に、実りが手に落ちる瞬間が、たまらなく心地いい。エメラルドグリーンの実は硬く、鼻を寄せるとなんともいえない芳香がした。

収穫カゴに入れた梅は、生き残ってくれた梅だ。なかには傷や黒星がでているものもある。それでもすべてが愛おしかった。

藪のなかで見つけた脚立を使っても手が届かない場合は、木に登った。木の上から眺める梅畑もまた気分がいい。

約二時間をかけてコンテナで二ケース分の青梅を収穫した。青い梅の実で一杯になったコンテナを運ぶのには一輪車を用いた。この一輪車も脚立と同じく、梅畑の藪のなかで見つけた。錆び付いた管のようなものが二本、地面から突き出していたのを掘り出してみると一輪車だったのだ。納屋に残されていた青いペンキを塗り、パンクしたタイヤを交換するとじゅうぶんに使えた。

梅の古木と同様に、あるものを生かす。

そのやり方を文哉は知らず知らずのうちに身につけていた。

収穫した梅は、納屋のなかに簡易な台をつくり、その上に広げたシーツの上で選果をした。黒星病と呼ばれる一ミリほどの斑点が出ている実が少なくない。虫に齧られた跡のような小さな傷もある。ヤニ果と呼ばれるゼリーのような分泌物がついている実もある。

考えてみればあたりまえのことだろう。梅は、自然のなかで生きているのだ。植物だけでなく、鳥や昆虫や微生物、菌類とも共存しているのだ。

けれど、なかにはまっさらな青梅もある。

一度しか農薬を使っていないなか、そんな奇跡にも映る実を集めればA品として出品できるかもしれない。けれど、ひと箱分十キロ、皆掛け十一キロとなると、それを選ぶだけでかなりの時間を要するだろう。

文哉にとっては、たとえ黒星が出ていようが、どの梅も自分の畑のいわば授かりもの――子供たちでもある。

気がつけば午前六時半をまわっていた。

文哉は選果をすませた梅を収めたコンテナを納屋に置き、雨具を脱ぎ、蒸れて汗だらけのTシャツを着替えた。

そして、水分を補給し、菊次郎の待つ畑へ向かう。

午前七時から三時間、今度は菊次郎の畑で梅を収穫した。

小雨は降っていたものの、菊次郎も雨合羽を着用し、畑に立った。

一連の作業のあと、文哉の畑で収穫した梅を選果機にかけてもらった。菊次郎の見立てでは、すべてB品とのことだ。表皮に一点でも黒い星がついていれば、A品とは認められないのが基準だという。ならば、サイズ分けする必要はなく、選果機にかけるまでもなかった。

「どうする？　これから選果場へ一緒に行くかい？」

誘われたが、文哉は自分の車で行きますと答えた。おそらく一緒に行けば、その分お金を請求される。法外なお金ではないが、自分のことは自分でやろうと決めた。

「そうかい。じゃあ、今日はここまでだな」

「お疲れさまでした」

帰ろうとしたとき、「これ持ってきな」と菊次郎の奥さん、和江に声をかけられた。

小振りのタッパーには、割れた青梅が入っていた。

「なんすか、これ？」

「青梅のカリカリ漬けさ」

「え？　青梅って、食べられるんですか？」

「塩水でアク抜きして、砂糖で漬けてあるからね。摘まんでごらんよ」

「じゃあ、いただきます」

文哉は戸惑いつつ手袋を外し、タネがとられた青い実の半分を口に運んだ。

歯触りはカリッとしていて、まるで生の青梅を齧っているようだ。鮮烈な梅の味がする。青梅なのにまったく渋みがない。甘塩っぱい梅の味が口いっぱいに広がっていく。

「どうだい？」

菊次郎が話に加わった。

「うわ、おいしいですね、これ」

満面の笑みの文哉に、「そうかい」と応えた和江の顔にも笑いじわが刻まれた。

「だろ？」

菊次郎も目尻を下げている。

「今度、ぜひつくり方を教えてください」

「ああ、いつでも教えてやるさ」

和江は小さく二度うなずいた。

43

家に帰った文哉は、B品とされる梅を収めたコンテナを軽トラックに積み込んだ。もうひとつのコンテナには、黒星のあまり出ていない実が六キロほど残っている。A品として農協に出すのであれば、五キロ足りない。しかも、黒星のせいで返品をくらう可能性が高い。

二つのコンテナを積んで風間選果場へ向かった。途中、すれちがった軽トラックに小さくクラクションを鳴らされた。だれかと思えば、出荷を済ませた菊次郎だった。些細《ささい》なことだったが、口元がゆるんだ。この村に来て、こんなふうに道で挨拶を交わせる人が自分にはできたのだ。

選果場の広い駐車場には、受付が終わる正午に近いせいか、農家のものらしき車両は一台も駐《と》まっていない。文哉の軽トラは「袖《そで》ケ浦《うら》」ナンバーのため、引け目を感じていたのでほっとした。選果機の稼働していない静かな場内には人の姿もない。

軽トラックに積んできたB品のコンテナを両手で持ち上げ、指定の置き場まで運ぶ。パレットの上には、すでに納品されたB品のコンテナが並んでいる。菊次郎がそうしていたように、置いてある空のコンテナに梅を入れ替えた。

昨日、郵送で送られてきた文哉の生産者コードを記入した納品書をポケットから取り出し、もう一度確認してから四角い空き缶のなかの伝票の上に重ねた。風で飛ばされないよう、小石を置き直す。

B品とはいえ、文哉にとっては初めての出荷だ。

その場をすぐには立ち去りがたく、先に置かれていたB品の梅をのぞいたり、自分のコンテナの位置を何度も置き直したりした。

少し離れた場所のパレットの上には、十キロの箱詰めにされたA品が並んでいる。そのなかに菊次郎が出した白加賀の「L」の箱を見つけた。他の品種、たとえば文哉の梅畑にある「月世界」の箱詰めもあった。

黒板には、白加賀「L」一キロの値段が「450円」とあった。出荷開始日からもう五十円も下がっている。

その後、大型選果機の前に積まれたA品のコンテナのなかものぞいてみた。文哉の梅よりもひとまわり大きな梅には、黒い斑点も傷もついていなかった。それは文哉にとって奇跡の梅の集まりだった。コンテナには「祐」の文字が入っている。梅農家の笹山祐の出した梅にちがいなかった。全部で十二ケースもあった。

「すげえな、祐さん」

文哉はつぶやいた。

それから、もう一度自分が出したB品の梅を見てから、ようやくその場を離れた。

44

選果場からの帰り道、軽トラックで山道を走りながら、頬がゆるんでしかたなかった。窓を全開にして、ボタンを外した作業着のなかの汗だらけの薄い胸板に風を送った。

「――やったぜ！」

思わず声に出した。

自分の畑で採れた梅をついに出荷した。

畑付きの家を購入し、こんなに早く生産者としてスタートを切れるとは――。

「ふーっ」と大きく息を吐き、ハンドルをポンと叩く。

自然と気持ちが高ぶった。

自分で収穫したものをお金に換えるのは初めてのことだ。

――農業で稼ぐ。

そのことがわずかとはいえ実現できた。

雨のなか時間をかけて摘み採った梅。B品のため、コンテナ一ケース皆掛け二十一キロで約二千円にしかならない。

それでも心が震えるほどうれしかった。

お金の稼ぎ方はそれこそいろいろある。お金だけが目的なら、もっと効率のよい稼ぎ方がいくらでもあるだろう。でも文哉は自分の畑の収穫物でお金を稼げたこと、そのことが、ただただうれしかったのだ――。

「そうだ。残りの梅は凪子に送ってやろう」

文哉は思いついたことを口に出した。

初めて畑で採れた梅なのだ。

きっと凪子も喜ぶはずだ。

軽トラックのハンドルを左に切り、街中で見かけた宅配便の集配所へ向かった。

途中、遠くに浅間山を望める畑の点在する道に差しかかったとき、見覚えのある看板が目に入った。

文哉は少し行き過ぎてからブレーキを踏んだ。

ふと、別の考えが頭に浮かんだからだ。

小屋のような店の青いトタンの壁には、「野菜直売所　なかよし」と書かれている。

木製の古びた棚には、袋に入った野菜たちが並んでいる。スナップエンドウ、ミニトマト、ナス、ジャガイモ、新タマネギ……。どれも今が旬の野菜だ。

店内の日陰に、この店へ初めて立ち寄った際に会った白髪交じりの女性が座っていた。店じまいの時間に訪れた文哉に、紅色が鮮やかな二十日大根をくれた人物だ。

「いらっしゃい」

「こんにちは」

文哉は頭を下げ、そのときの礼を口にした。

「ああ、あんときの若い人」

おばさんは思い出してくれたようだ。

「じつは、最近こちらに家と畑を持ったもんですから」

「どうりで、軽トラのプレートが見たことねえ地名だもんな」

「千葉県の南房総です」

「そんな遠くから。こっちに親戚でもおるんかい？」

「いえ、いろいろ調べて、ここがいいなと思って」

「へえー、ここが？」

「ええ。それで、ウチの畑が梅畑なんですが」

文哉は本題に入った。

白髪の女性、店番のおばさんは目を細め、丸椅子に座ったまま話を聞いてくれた。

文哉は、畑で収穫した梅を置いてもらえないか頼んでみた。

「この販売所はね、はじめたのは私だけど、野菜をつくる仲のいい人と手分けしてやってるんよ」

「それでお店の名前が『なかよし』なんですね？」

「そうだいね。だから、だれでも野菜を置けるわけではないんさ」

「――そうですか」

文哉は言葉に詰まった。

少し間を置いて、「どんな梅だい？」とおばさんが言った。

「今朝、収穫しました」

文哉は軽トラックの荷台からコンテナごと持ってきて見せた。

「――いい青梅だいね」

何気ない言葉が文哉の気持ちをほぐしてくれた。

「ありがとうございます」

同時に、ここへ来てからの孤独な日々を思い返し、胸に熱いものがこみ上げてきた。

「どうした？」

おばさんが驚いた顔をした。

「いえ、なんかうれしくて」

文哉は目に涙を溜めながら笑った。

「ちいとばかし、黒い斑点が出てるがね」

おばさんは目を細め、小さく笑い返した。

「農薬は一回しか使わなかったものですから」

「そうかい。一度くらいじゃ効かねえもんな」

「みたいですね」

「でもよ、昔の梅はみんな、こんなふうに黒子《ほくろ》があったもんさ」

「黒子？　ああ、黒星のことですね」

文哉は余計なことかと思いつつ、「できれば農薬は使いたくないんです」と口にした。

「それじゃあ、もっと黒子がついちゃうね」

「かもしれません。でも、梅は皮も食べるわけですから、そのほうが安心だと思う人もいるような気がするんです」

「そいつは、あんただろ？」

「ええ、そうです。剪定とか、土づくりとか、やりようによっては、黒星を少しは抑えられるかもしれないし」

「そうかい、そうかい」

おばさんはゆっくりうなずいた。「あたしも薬は使わない口さ」

「そうなんですね？」

文哉の背筋がのびた。

「この店で野菜を売るのは、ちいさな農家だけだからね。自分の家で食べるものをつくって、余ったものを持ち寄る、そんな感じさ。無駄にしたら、もったいないからね」

「値段も手頃ですもんね」

「儲けようとは思っちゃいないかもな」

おばさんは言ってから、尋ねた。「ところであんたの梅、いくらで売りたいんだい？」

「え？　価格って自分で決められるんですか？」

「もちろんさ」

「この店に梅を出してる人はいますか？」

「いや、見たことないね」

「自分としては、B品としては売りたくないんです」

「ふうん。それで？」

「今日、選果場で見た農協のA品の値段が四百五十円でした。だから四百八十円で売れたら」

「強気じゃないか」

おばさんは歯茎を見せ、にっと笑った。

「いや、そんなつもりじゃ……」

「でもね、売るなら、袋に詰めてこないとね」

「じゃあ、置いてもらえるんですか？」

「ただし今回だけよ。私の顔に免じてね」

「ほんとですか？　ありがとうございます」

文哉は深く頭を下げた。

「さあ、よこしな。袋に詰めてやっから」

おばさんは丸椅子から腰を上げ、文哉から受け取ったコンテナを奥に運んだ。作業台の上には、台秤があり、サイズの異なる野菜包装用の袋が並んでいる。手早く梅を量っては一キロずつ透明の袋に入れ、袋の口を専用の装置でテープ留めにした。

文哉はそのやり方をじっと見ていた。

「さあ、好きな場所に置きな」

言われたとおり、六袋の梅を店頭の空いているスペースに並べてみた。

「ほら、なんか書いてごらん」

おばさんはダンボールの切れ端と黒のペンを差し出した。

文哉は少し考えたあと、ペンを動かした。

〈青梅　白加賀　1キロ　減農薬栽培〉

「上手いこと書くねえ、若い人は。でもまあ、売れる保証はないからね。何日かしたら見においで。売れなかったら裏の売れ残り置き場に回すから、必ず持って帰っておくれよ。こっちで処分する場合は、処分費をとるんだからね」

「はい」

文哉はうなずいた。

「もし売れたら」

「もしもの話だよ。あんたが八割、あたしが二割もらう。いいね？」

「はい」

「もちろんです」

頭を下げた文哉は笑顔で答えた。

「今回だけだからね」

おばさんは念押しをした。

うなずいた文哉はその場で店頭の野菜を選んだ。自分で栽培したことのある「ミニトマト」と「シシトウ」。今回はもちろんお金を払って買わせてもらった。

45

電波を受信できる場所から凪子に電話したが、今回もつながらなかった。

なにかよからぬことでも起きたのだろうか。それとも、海が見えないところへ行きたい、と凪子は言っていたが、それは若者が東京に憧れるのと同じような意味合いだったのだろうか。

さすがに不安になった文哉は、和海のケータイを鳴らした。

「どうした？　元気にやってるか？」

緊張して電話した文哉だったが、和海の声の調子はいつもと変わらない。

連絡がとれない凪子の様子をそれとなく尋ねたところ、毎日忙しくしているそうだ。

「いったいなにがそんなに忙しいんですか？」

探るような声になった。

「なんだおまえ、もしかして聞いてないの？」

「え？　なにをですか？」

「凪子のやつ、免許を取るのに夢中みたいだぞ」

「――免許って？」

「そりゃあ、車の運転免許に決まってるだろ」

和海の声は笑いを含んでいる。

「凪子が？」

「そうだよ」

「なんのために？」

「おいおい」

呆れ声のあと、和海の声が大きくなった。「そりゃあ、そっちに行ったら、車の運転くらいできなきゃ、身動きとれねえだろ？」

「──あ」

文哉は絶句した。

まったく知らなかった。

凪子がそこまで考えていたとは。

「おれもびっくりさ。あいつが車を運転するなんて言い出すとは夢にも思わなかった」

たしかにその通りだ。

凪子は母親の死後、長いあいだ引きこもりの時期を過ごした経験を持ち、今でも社交は苦手なはずだ。

「なあ、文哉」

和海は叔父の声になって言った。「凪子のやつ、本気みたいだからな」

その言葉に、文哉は唇の両端を強く結んだ。

凪子にとって、ひとりで教習所に通うことが、どれほどのいわば冒険なのか、文哉には計り知れない。凪子にとってはまちがいなく未知の世界だ。たとえば文哉が躊躇している、ひとりで裏山に入ること以上に。きっと。

46

「梅、収穫したんだってな。イトさんから聞いたよ」

昼過ぎに徒歩で家に現れたのは、市蔵だった。

「イトさんから？」

「あのばあさん、見てねえようで、よく見てんのさ」

市蔵は山羊鬚を右手でしごいた。

初夏を迎えた庭には、エゴノキの可憐《かれん》な白い花が咲き、蜜を求めてたくさんのハチたちが羽音を響かせている。鋭い声で鳴いているのはヒヨドリだ。木や鳥の名前は、最近手に入れたポケット図鑑で調べて覚えた。以前庭で見かけたヘビは、おそらく毒のないジムグリだろう。

「はい、出荷しました」

文哉は力強く答えた。

「農協に納めたんか？」

「それとは別に、直売所にも置かせてもらってます」

「ほう、そうかい」

市蔵はうなずくと言った。「少し山を歩かねえか？」

誘われた文哉は喜んで準備をしてから、市蔵のあとに続いた。

市蔵はまるで自分の庭のように、畑から塚のある高台へ早足で上がり、その先から暗い山へ入っていく。そこは、文哉が初めて足を踏み入れる領域だ。

小柄な市蔵の背中を追いながら、文哉は不思議に思ったことを口にした。

「なんだか、山のなかにやけに道がたくさんありますね」

だれも入っている様子のない山に、細いとはいえ、なぜこんなに道が通っているのか不可解だった。

「見えるか？」

「ええ、今歩いてるところもそうだし……」

「これが獣道さ」

「え？　これ全部ですか？」

「ああ、山のなかを歩くのは獣か人しかおらん。この辺りを歩く人間がいるとすれば、猟をするもんくらいさ。おらは山を歩くとき、言ってみりゃあ獣の道を通らせてもらっているんさ」

市蔵の言葉に、文哉は言葉が出ない。自分の家と背中合わせの山のなかで、獣たちの営みが絶え間なく続いているというわけだ。

振り返ると、さっきまで見えていた青い屋根が見あたらない。

「山でばったり獣に遭う。なんてこと、ないんですか？」

「いきあうことは、まずねえな。やつらは耳がいいし、鼻も利く。注意して歩いてっと、足跡や糞がある。そういうもんを頼りに罠を仕掛けるんさ」

「――なるほど」

「猟はやるつもりかい？」

「はい、できれば秋に狩猟試験を受けようと思ってます」

「こっちでかい？」

「そうですね、罠猟の資格を取るつもりです」

文哉はきっぱり答えた。

「この道を覚えとくといい」

市蔵は何気ない感じで言った。

文哉は周囲の様子を観察し、特徴のある木を探しながら歩いた。山椒《さんしょう》の木の近くにある太い杉の根元が白くなっている。市蔵によれば、イノシシがからだの泥を擦りつけた跡だという。

庭から見える杉林の先は、文哉の背よりも高い篠竹の原になっていて、そこを通り抜けると雑木林が現れた。市蔵は右手に鉈を手にし、時折行く手を阻む枝を打ち払った。市蔵が腰に付けた熊避けの冷涼な鈴の音が、静かな森に染みこむように響き渡る。

文哉は歩きながら、次第に自分のからだが森に馴染んでいくような感覚を覚えた。いわば獣になって森を歩いているような感じだ。目を配り、鼻をきかせ、耳を立てる。身を守るため、自ずと感覚が研ぎ澄まされていく。

途中、不意に開けた場所に出た。

「あれ？　ここってもしかして」

文哉には見覚えがあった。

この地に家を持つ前に市蔵を訪ねた際、二人でアケビのツルを探したときに見つけた古い民家の跡だ。屋根に積まれていたらしき、丸い大きな石が足もとに転がっている。

「――そうだったな」

市蔵は答えたが、先を急いだ。

「ほれ、これが『シドケ』よ」

立ち止まった市蔵が指さした。

茎の先にモミジのような形の濃い緑色の葉が開いている。あるいは閉じた傘のように垂れた葉も見受けられる。その特徴通りに、『モミジガサ』とも言うんさ」と市蔵がつけ加えた。

「少しもらってくか」

「どうやって食べるんですか？」

「天ぷらもいいが、まずはお浸しだろ」

「お、いいですね」

文哉も斜面の緑に手をのばした。

指で折り曲げた際、ポキンと折れるものが若くおいしい、と教えられた。

シドケを土産に採ったあと、山を斜めに下っていくと家屋の屋根や柵、その先に畑が見えてきた。

「あれ？　ここって、市蔵さんの家ですよね？」

文哉は声を大きくした。

「そうさ。下の車道を行くより、山を歩いたほうが早いんさ」

「もしかして、行きも今の道を使ったんですか？」

市蔵は黙ってうなずいた。

徒歩で三十分ほどかかったが、その通りだった。つまりは、昔は人間が山の道を自ら拓き、常時使っていたということらしい。

「見せたいもんがある」

市蔵は休むことなく、納屋へ向かった。

文哉が初めて入った納屋のなかには、見るからに年季の入った農機具や道具が整理されて置かれている。筋交いを見せたままの木造の壁には、くくり罠の仕掛けらしき束ねられたワイヤーがいくつも並んで掛かっていた。

納屋の奥まで進んだ市蔵は、厚手の草色のカバーが掛けられたテーブルのような物体の前で立ち止まった。

「――これは？」

市蔵のうしろに立った文哉が尋ねた。

「おいらの兄貴が使ってたもんさ」

振り返らずに市蔵が答えた。

「お兄さん、というのは？」

「聞いてねえかい？」

「なにをですか？」

「おいらの兄貴のことさ。今、文哉が住んでる家にいたんさ」

「え？　じゃあ、作太郎さんという方ですか？」

文哉は、イトから聞いた名前を口にした。

「ああ、そうだいね」

「――そうでしたか」

押し入れから出てきた回覧板の順番らしき紙を思い出し、やはり、と文哉は思った。

「見てみな」

市蔵に促され、文哉は一歩前に出た。

市蔵が色落ちした草色のカバーを勢いよくめくった。

目の前に現れたのは、鉄でできた大型の装置だった。枠組みは青緑色だが、一部塗装が剝げ、錆が浮いている。中央には、塩ビのドラムが全部で三本、傾斜に沿って横に並んでいる。

「――これって」

文哉は一拍置いて言った。「選果機ですよね？」

「ああ、だいぶ型は古いだろうがな」

「どうして、ここに？」

市蔵はすぐには答えず、小さく息をついた。

「形見だと思って、あの家の納屋からここへ運んだ。当時はまだ新しかった。ようやく手に入れて、兄貴が喜んでいたのを覚えてる。それからずっとここに置いてある。何度か手放そうかと思ったが、できなかった」

市蔵の声は重々しく沈んでいた。

「そうなんですか。じゃあ、お兄さんも梅を？」

「ああ、うまくはいかなかったようだがな」

市蔵は小さくうなずいた。

「だから市蔵さんも梅に詳しいんですね」

「まあ、そんなところさ」

市蔵のしわを刻んだ手が選果機にやさしく触れた。

「これって、動くんですかね？」

「動作は確認した。電源を入れれば動く。ただ、選果台はかなり傷んでる」

「どこですか？」

「ほれ、あの上さ」

市蔵の指さす、棚の上を文哉は見上げた。

「これって、竹でできてますね」

「そうだな」

「竹ならいくらでもあるし、直せるはずです」

文哉はそう口にし、「おれに、使わせてもらえませんか？」と頼んだ。

「いいともさ。そのつもりで見せたんだ」

市蔵が振り向きうなずいた。「死んだ兄貴も喜ぶだろう」

「おれ、絶対直して使います」

文哉は市蔵の顔をしっかり見ながら言った。


明日、市蔵の家に梅の選果機を引き取りにくる約束を交わした文哉は、獣道を辿ってひとりで家に帰った。

自分の世界がまたひとつ広がった。

採りたての山菜、シドケ、別名モミジガサは、さっと湯がいてさっそく夕飯にいただいた。これまで口にしたことのない独特の香りにしばしぼう然となる。その香りは、葉の色と同じで濃く、そして記憶に残るクセになるような味がした。

こんなにうまい山菜が採れるのだから――。

――山に入らない手はない。

ひとり山の恵みに舌鼓を打ちながらうなずいた。

47

朝、目覚めるといつものように庭に出て、東の空を見上げた。

山の稜線に太陽が昇っていく。

それは一日というより、すべてのはじまりを報せる光だ。陽光を全身に浴びながら地面を踏みしめ、まずは梅畑に向かった。溌剌《はつらつ》としたウグイスの声。朝露に濡れた草を踏む長靴の音。そのなかに絶え間なき静寂がたしかに潜んでいる。

ふと、文哉は足を止めた。

梅畑のなかに気配がした。

だれかいる。

――もしや。

と文哉は期待した。

連絡がとれない凪子が来たのではないか、と。

しかし、こんな早朝に、そんなはずがあるわけがない。

畑に佇んでいたのは、文哉が生まれて初めて目にする生き物だった。短い一対の角《つの》がある。はじめはシカかと思ったが、体毛の色がちがう。灰色がかったからだは、ややずんぐりとしている。

——まさかこんなところで。

心のなかでつぶやいた。

思い当たる生き物はひとつしかいない。

——ニホンカモシカ。

特別天然記念物に指定されている動物だ。

驚きのあまり文哉はその場に立ちすくみ、カモシカを見つめた。

気づいたカモシカもまた、つぶらな黒い瞳でこちらをじっと見ている。

逃げもせず、その場で草を食《は》みはじめた。

食んでいるのは、スイバの若葉だ。シュウ酸を多く含むため、食用できるが多量に摂取しないよう図鑑に載っていた山菜だった。

かつて人間は、動物から食べられる植物を学んだのかもしれない。そのことに気づいた。

スイバをのんびり食べているカモシカは、シカという名前が入っているが、ウシの仲間であることがよくわかる。動きがゆったりしている。

カモシカの数が減ったのは、昔は狩猟対象であり、動きが鈍く、シカよりも肉がおいしかったからかもしれない。

悠然としたその姿は、まるで山の神様のようでもあった。

自分の畑にカモシカがいる——。

驚くと同時にうれしくなる。

凪子に見せてやりたかった。

しばらくするとカモシカは梅畑を去り、昨日市蔵がたどったのと同じ経路で山へ帰っていった。


その日の午前中、畑で梅を収穫し、B品を二ケース風間選果場に出荷した。

帰りに梅を置いてもらった農産物直売所「なかよし」へ寄ってみた。袋詰めにした梅の実の色がそろそろ変わってくる頃だ。

現実を受け止める心の準備をしてから、文哉は店の駐車場に駐めた軽トラックを下りた。


「こんにちは」

声をかけたが店にはだれもいない。

店頭に以前はなかった貼り紙があった。今の時間は店番がおらず、季節や時間によって「無人直売所」となることを報せていた。野菜が並んだ棚の真ん中に木箱があり、「お金はここに入れてください」と達筆で書いてある。

日陰になっている店内に足を踏み入れ、置かせてもらった棚の前に立つ。へたくそな文字で書かれたポップの前に、袋詰めになった青梅が並んでいる。追熟した梅の実の一部がやはり黄味がかっていた。

数を数えたところ、五つだった。

「ひとつ売れたのかな？」

思わずつぶやく。

小屋の裏へまわると、時間が経って売り場から外された野菜の置き場所らしき台があった。台の上の段ボール箱のなかには、袋詰めされた絹さやとスナップエンドウが入っている。見た目から判断して店頭から引きあげられた品だ。袋にはシールが張ってあり、生産者の名前が書いてあった。

そこに青梅の袋はなかった。

「やっぱ売れたんだ！」

文哉は声を上げた。

ひとつでも売れたのであれば、希望が持てる。

加工用のB品、あるいはクズ梅としてではなく、それより二倍以上の正規の価格で買ってもらえたのだから。

「よし！」

文哉は右手の拳を握りしめた。

午後、梅畑で一番高い梅の木に登った文哉は、自分の家と畑を見渡した。人が青い梅の実がまだまだ生っている。時間の経過と共に大きくなっているが、「黒星病」と名づけた黒い小さな斑点も目立つようになってきた。

収穫を急がなければならない。

そして、梅の収穫を終えたら、夏剪定をはじめよう。高く徒長した枝を思い切って落とすつもりだ。そのためには剪定のやり方を学ばなければならない。

今年は夏野菜をあきらめたが、畑をさらに広げて、空いている場所で秋や冬に向けた野菜づくりの準備がしたい。

——師匠はもう持たない。

文哉はそう決めた。

市蔵から譲り受けた選果機の選果台の修理をはじめ、やらなければならないことが山ほどある。それを考えると、今後の暮らしに不安がないわけではない。でも自分にはこの家と畑がある。

そして——。

そのとき、一本道の坂道を郵便配達の赤いバイクが上ってきた。樹上の文哉には気づいていない。

文哉は様子をうかがい、配達員が庭でバイクを下り、ポストに郵便物を投函したのを見届け、地上に降りた。

文哉は膝を高く上げ、梅畑を走った。

背が高くなった山ミツバを跳び越え、浅葱色《あさぎいろ》の蝶を追い越し、家に向かう。履き慣れてきた足袋の裏に、落ちた梅の実の感触を何度か感じた。くるぶしにつる草が絡みつく。少しでも早くポストにたどり着きたかった。

投函されていたのは、白い封筒。

宛名は、緒方文哉　様。

差出人は、坂田凪子。

待ちわびていた手紙だった。

拝啓　文哉　様
手紙の返事が大変遅れてしまい、ごめんなさい。
都倉さんから頼まれていた納品が遅れてしまい、ごめんなさい。
連絡しないで、ごめんなさい。

じつは私、車の教習所に通っていました。先日、ようやく教習所を卒業し、明日、学科試験を受けます。合格して免許を手にしたら、すぐにそちらに向かいます。向かわせてください。

私は、部屋の畳が汚れていてもいいです。

お風呂がなくてもいいです。

トイレが水洗じゃなくてもいいです。

私への気遣いだと思うのですが、正直に言うと、居心地のいいウッドデッキがなくてもいいです。

ムカデが出たら、自分でなんとかします。

無理なら、叫んであなたを呼びます。

そんなことより早くそっちで暮らしてみたいです。

私にも家の掃除を手伝わせてください。

アケビのツルを山で採らせてください。

畑になっている梅の実を見せてください。

敬具

凪子

登った梅の木の上で、文哉は手紙を読んだ。

初夏の風が音もなく梅畑を渡っていく。

鳥たちがそこかしこでさえずっている。

――なんて自分は浅はかだったのだろう。

凪子のため、よかれと思ってしていたことが、かえって彼女を遠ざけてしまっていた。無理だと勝手に決めつけ、やりたいことを奪っていたのかもしれない。

文哉は思った。

共に同じ時間を過ごすことが、すべてのはじまりのはずだ。

凪子はそれを望んでくれている。

自分にしても思いは一緒だ。

ならば、ふたりして、山に抱かれたこの家で暮らそう。

うつろう季節のなかで、同じ景色を眺めながら。

「ようやく気づけたよ」

文哉はつぶやいた。

「――ほら、早く見に来てごらん」

深緑の山を仰ぎ見てから、目の前の枝に生っている青い奇跡に手をのばした。

海が見える家

はらだみずき

ISBN978-4-09-406439-1

入社一ヶ月で会社を辞めた直後、田舎暮らしを始めた父の死を知らされた。電話は知らない男からだった。孤独死したのか。文哉が霊安室で対面した父は、なぜか記憶とはまるでちがう風貌をしていた。家族に遺されたのは、丘の上にある、海が見える家。文哉は早々にその家を処分するため、遺品整理をはじめる。そして、疎遠にしていた父の足跡をたどると、意外な事実を突きつけられていくのだった。夏、豊かな自然が残る南房総の海辺の暮らしを通して、文哉はもう一度自分の人生を見つめる時間を過ごす。

海が見える家　それから

はらだみずき

ISBN978-4-09-406796-5

文哉が急逝した父の遺した南房総の海が見える家で暮らし始めて、一年が経とうとしていた。そんなある日、元彼女から受け取ったメールには、「あなたは田舎に逃げたに過ぎない、楽な道を選んだだけ」と非難めいた言葉があった。都会を捨て、田舎に逃げただけなのだろうか？　文哉は自問自答しながら、地元の人々や管理を任された別荘の所有者との交流を通して、働くということは何かを見つめ直し、自分なりの生き方を模索する。『海が見える家』続編。

海が見える家　逆風

はらだみずき

ISBN978-4-09-407058-3

千葉県南房総の海が見える家で暮らして三年目を迎えた。この春に起業した文哉の生活は順風にも見えた。しかし、直撃した大型の台風によって生活は一変してしまう。通信手段すら途絶えるなか、文哉は地域の人と共に復旧作業に取り組んでいく。そんなとき、学生時代の知人の訪問を受ける。農業の師である幸吉、便利屋の和海らと深く交流し、自給自足的な生活を目指すなかで、あらためて自分がどうやって食っていくのか悩み、模索する文哉に、新たな決意が芽生えていく――。シリーズ第三弾！

小学館文庫
好評既刊

海が見える家　旅立ち

はらだみずき

ISBN978-4-09-407187-0

父が遺してくれた海が見える家が台風により被災後、追い打ちをかけるようにコロナが蔓延してしまう。思うように日常生活をとりもどせない文哉は、農業の師である幸吉がビワ畑で倒れていたあの日に思いを馳せる日々を送っていた。心配する和海のすすめもあり、文哉は旅に出ることにした。向かったのは、幸吉の親友、イノシシの罠猟の達人である市蔵の暮らす集落。山に入り自然薯を掘ったり、斧で薪を割ったり、自然に抱かれて過ごすうちに、文哉は求めていた自分なりの答えを見いだしていく。そして、新たな決意を胸に抱く！　シリーズ、堂々完結。

はらだみずきの本
好評既刊

太陽と月

はらだみずき

ISBN978-4-09-386651-4

小学六年生を対象としたJ2のジュニアユースのセレクションに臨んだ月人は、本来のポジションは、フォワードだった。しかし背が高いという理由でディフェンスをまかされることに。その試合で、相手の選手にあっさりとかわされ、ゴールを決められてしまう。それが、太陽との出会いだった。

小柄な点取り屋・小桧山太陽と大型フォワードの大原月人。個性の異なる二人が、プロサッカー選手を目指し、競争の激しいセレクションに挑戦する。夢は必然。偶然にかなうことなんてない。累計60万部を突破した「サッカーボーイズ」シリーズの著者だから描けた、サッカー小説の最前線！

はらだみずきの本
好評既刊

太陽と月　ジュニアユース編
はらだみずき

ISBN978-4-09-386689-7

小柄で野性的な太陽は、Jリーグのジュニアユースへ入団する。Aチームへと順調に昇格するが、本来のフォワードではなく、ミッドフィールダーとして起用されることに苦しんでいた。一方、大型で知性的な月人は、街クラブへ入った。身長の伸びに身体感覚がついてこない状態に陥るも、祖父のサポートや、ラダートレーニングの成果もあり、成長にフィットした動きを手に入れる。試合でも活躍し、地区のトレセンに呼ばれるようになる。活躍を聞いた太陽は、月人の試合を見に行く。そのプレーに感化され、太陽の迷いは吹っ切れた。そして、二人は三年ぶりに対決する。

―――本書のプロフィール―――

本書は、「WEBきらら」二〇二三年五月号から九月号の連載に、加筆して刊行したものです。

小学館文庫

山《やま》に抱《いだ》かれた家《いえ》

著者　はらだみずき

二〇二四年三月十一日　初版第一刷発行

発行人　庄野　樹
発行所　株式会社　小学館
〒一〇一-八〇〇一
東京都千代田区一ツ橋二-三-一
電話　編集〇三-三二三〇-五二三七
販売〇三-五二八一-三五五五
印刷所 ――― 大日本印刷株式会社

ISBN978-4-09-407338-6